長編小説

みだら女医の秘薬

睦月影郎

竹書房文庫

目次

※この作品は竹書房文庫のために
書き下ろされたものです。

第一章　超人になって初体験

1

「大丈夫？　しっかりして」

「え、ええ、済みません……」

女性に言われ、気を失いかけていた勇二《ゆうじ》は目を開け、助け起こされながら小さく答えた。

殴られた頭がクラクラするが、ようやく気を取り直すと前後の記憶が戻ってきた。

そう、彼は大学からの帰り道、不良たちにからまれている美女を助けようとして返り討ちに遭《あ》い、さんざん殴られて倒れたところで彼女が警報ブザーを鳴らしたので、連中は逃げ去っていったのだった。

昔から、非力なくせに正義感だけは強く、見て見ぬふりが出来ない性分だったのである。

「歩ける？　うちはすぐそこだから治療を」

四十前後だろうか、メガネ美女が身体を支えながら言ってくれた。勇二は生ぬるく甘ったるい匂いを感じ、こんな状況だというのに股間が熱くなってしまった。

山尾《やまお》勇二は十九歳の大学二年生、この十二月は十代最後の一ヶ月だった。一月生まれなので、年が明ければ二十歳。それなのに、まだファーストキスも知らない完全無垢《むく》な童貞だったのである。

家は近くだが、商社マンの父が仕事でアメリカ赴任、母も一緒に行ってしまい、兄はイギリスへ留学中なので、勇二は一人で家を守っていた。

大学の学部は国文で、国語教師を目指しているが、生意気な生徒に舐《な》められるのも嫌なので、出来れば文筆で生計を立てたいと思っていた。

そう考えるほど、勇二は小柄で痩せてひ弱。勉強は上位だったが、全てのスポーツは苦手だった。

「ここよ、入って」

彼女が言い、勇二がふと見ると『小野《おの》医院』と書かれた看板が掛かっていた。

彼女は母屋《おもや》の玄関の鍵《かぎ》を開けて勇二を招き入れ、中から診療室に入った。

「両親が旅行中で休診なんだけど、私が診《み》るわね。私の名前は小野由紀子《おのゆきこ》」

灯りを点けた彼女が上着を脱ぐなり、そこにあった白衣を羽織って言う。

ここは親の診療室で、内科と小児科らしい。

あとで聞くと彼女は大学医学部の准《じゅん》教授で、子はなくバツイチの四十二歳ということだった。

「さあ、全部脱いで。助けてくれた恩人だから、念入りに診てあげないと」

言われて、勇二も颯爽《さっそう》として美しく知的な由紀子に言われ、素直に脱ぎはじめた。

「脱いだらそこに寝て」

由紀子は言いながら手を洗い、手早く消毒液やガーゼを準備した。

勇二も服を脱ぎ、下着と靴下だけになって診察ベッドに仰向《あおむ》けになった。

向き直った彼女が僅かに傷ついた唇の左端を消毒し、口の中を診た。

「歯はグラつかない？」

「ええ……」

「目尻も大したことないわね。目眩《めまい》はしない？」

「大丈夫です」

勇二が答えると、由紀子は身体のあちこちを診て打撲の痕《あと》を調べた。

「骨も異常ないようだわ。三人相手に飛び込んでくるのだから度胸があるのね」

「いえ、弱いくせに身体が勝手に動いてしまって……」

「そう、嬉しかったわ。確か股間を蹴られたでしょう。念のために」

由紀子は言い、彼の下着をズリ下ろして股間を露《あら》わにしてしまった。

「あう……」

勇二は、縮こまったペニスに熱い視線を注がれ、羞恥と緊張に声を洩《も》らした。

美女に見られているという興奮はあるが、勃起するほど図々しくはないし、実際ペニスは恥毛に埋もれるように萎縮していた。

確かに股間を蹴られたが、さすがに咄嗟《とっさ》に両膝を縮めて、直の攻撃は辛うじて避けていたのだった。

「もしかして童貞？」

「は、はい……、年が明けると二十歳なのですけど……」

由紀子が、勇二の股間と表情を交互に見ながら訊《き》き、彼も正直に答えていた。

彼女も、勇二の怪我が大したことなかったので安心し、そうした話題が出てしまったのだろう。

そして由紀子の細くしなやかな指先が彼の陰嚢《いんのう》を探り、微妙なタッチで二つの睾丸《こうがん》を確認した。

「痛まない？」

「え、ええ……」

聞かれても、勇二はあまりの興奮でか細く答えるのがやっとだった。もちろん女性に見られるのも触れられるのも、生まれて初めての経験である。

やがて陰嚢を刺激されるうち、否応《いやおう》なくペニスがムクムクと鎌首《かまくび》を持ち上げはじめた。そして七割方勃起すると仮性包茎の先端から、ピンクの初々《ういうい》しい亀頭が顔を覗かせた。

「オナニーは、どれぐらいの頻度《ひんど》で？」

由紀子が熱い視線を注ぎ、なおも陰嚢をいじりながら訊いてきた。もうすっかり、怪我の治療ではなく、別の雰囲気になっていた。

「日に、二回か三回……」

「まあ、そんなに……、性欲は人並み以上なのね……」

彼女が言い、ようやく勇二の股間から指を離したが、中途半端なまま勃起は治まらなかった。

「性欲だけじゃなく、身体全体の力や強さへの願望はある？」

「そ、それはもちろん……、でも小さい頃から、ある日突然、超人になっていたいと思うばかりで、道場に通うような根性はありませんでした」

「そう、ならば試してみたいことがあるのだけど」

「ええ、何ですか……」

「治験バイトみたいなものだけど、その前に今の君を味わわせて」

由紀子が言い、勇二も要領を得ないまま身を投げ出していた。

するとと彼女が、今度こそ指先をペニスに這わせ、包皮を剝《む》いてクリッと艶《つや》やかな亀頭を露出させたのである。

「ああ……」

勇二が喘ぐと、さらに由紀子が屈み込んで顔を寄せてきた。セミロングの髪がサラリと股間を覆い、中に熱い息が籠《こ》もり、彼女が舌を伸ばして先端をチロリと舐めてくれたのである。

「あう……」

彼は何が起きたのか分からないほど混乱し、初めての快感の中で呻《うめ》いた。

由紀子は尿道口を舐め回し、さらに張りつめた亀頭をくわえて吸い付いた。

そのままモグモグと根元まで呑み込み、温かく濡れた口の中ではチロチロと滑らかに舌が蠢《うごめ》いた。

「い、いけません、いきそう……」

勇二が身を仰《の》け反らせながら、声を上ずらせて警告を発したが、由紀子は構わず、最大限に勃起したペニスを吸って舌をからめ、さらに顔を小刻みに上下させ、スポスポと強烈な摩擦を開始したのだった。

自分の匂いが気になるし、美女の口に出して良いのだろうかというためらいもあったが、あまりの快感と衝撃に吹き飛び、あっという間に彼は昇り詰めてしまった。

「く……！」

溶けてしまいそうな快感に全身を包まれて呻き、同時に彼は熱い大量のザーメンをドクンドクンと勢いよくほとばしらせた。

「ンン……」

噴出を受けた彼女が小さく呻き、なおも吸引と摩擦、舌の蠢きを続行してくれた。

「アア……！」

勇二は、美女の口を汚すという後ろめたい思いの中で快感を嚙《か》み締め、喘ぎながら最後の一滴まで出し尽くしてしまった。

硬直を解いてグッタリ身を投げ出すと、ようやく由紀子も摩擦を止め、亀頭を含んだまま口に溜《た》まったザーメンをゴクリと一息に飲み干してくれた。

「あう……」

喉が鳴って嚥下《えんげ》されると同時に口腔がキュッと締まり、勇二は駄目押しの快感に呻いた。すると由紀子がスポンと口を離して顔を上げ、淫らにヌラリと舌なめずりして彼を見下ろした。

「さすがに濃くて多いわ。無垢な子のザーメン飲んだの初めてよ」

由紀子が言って身を起こし、消毒液などを片付けて白衣を脱いだ。

勇二は、いつまでも荒い息遣《づか》いと動悸《どうき》が治まらず、緊張を伴う脱力感の中で余韻に浸っていた。

「さあ、呼吸を整えたら私の部屋へ来て。お話はそこで」

「ええ……」

言われて、勇二もノロノロと身を起こして診察ベッドを降りた。

「そのままでいいわ」

由紀子が言うので、勇二は下着をズリ上げ、脱いだものを持って診察室を出ると、彼女も灯りを消して母屋の二階に案内してくれた。

部屋に入ると、そこは膨大な蔵書の山で、あとは机とパソコンがあるだけだった。どうやら寝室などは隣にあるらしい。

「そこへ座って」

由紀子は椅子に掛け、祐二も言われるまま服を置いて丸椅子に腰掛けた。

すると由紀子があらためて名刺を渡してくれたので、彼も学生証を見せた。

彼女の名刺の肩書きは、大学の社会医療学科の准教授となっていた。

2

「うちの学生だったのね」

由紀子も、彼の学生証を見てから返してきた。医学部と他の学部は、棟や敷地は違うが隣接している。

「それで、先ほど言われていた治験バイトというのは、何か薬を飲めばいいんですか？」

「ええ、その前に家のことを説明させて。うちは江戸時代から薬種問屋をしていて、漢方の妖《あや》しげな秘薬も扱っていたの。人のミイラだとか、人魚の尻尾だとか」

「うわ……」

勇二は、医学部の准教授の口から、いきなり非科学的な不思議な世界に引き込まれたような気がして、戸惑いを覚えた。

「漢方に、竜骨《りゅうこつ》というものがあるの。古代生物の骨の粉末ね」

「ええ、聞いたことがあります」

「その中で、うちに伝わっていたのがヤマタノオロチの骨」

「オ、オロチ……？」

「ええ、ごく微量なものだったけど、そのように伝わっているわ。それを飲んだ祖父が皇寿、つまり百十一歳まで生きて、戦争中も弾丸に当たっても傷がつかず、負傷した戦友を背負い、さらに両脇にも抱え、合わせて三人を抱えて陣地に戻ったと言っていたわ」

「弾丸で傷つかない……？」

勇二は、信じられない思いで話を聞いた。

「ええ、スサノヲが剣で斬りつけると刃が欠けたので、あとでヤマタノオロチの体内を調べると、アメノムラクモの剣（のちクサナギの剣）が出てきたというし、出雲の製鉄のルーツとも言われているから、この竜骨には、肉体を鉄に変えるような神通力が秘められているらしいの」

「そんな……。その薬を僕が飲むんですか……」

「そう、強くなりたいのでしょう？　さっき助けてくれなければ、そして警報ブザーを鳴らすのが遅れたら、私はあの三人に犯されていたかも知れないし、あなたも打ち所が悪くて死んだかも知れないわ」

由紀子が言い、引き出しの奥から小さな木箱を取り出した。

表面には、『八岐大蛇《やまたのおろち》』と書かれているのが読め、中から紙包みが一つ出てきた。

昔ながらの、正方形の紙に粉末を入れて半分に折り、三角に折りたたんで包む方法である。

「ご自分では飲まなかったのですか」

「なぜか、女には効かないらしいの。そして父は、最初から信じていなかったので、私がこの薬の研究を受け継いだのよ。もちろん成分を調べたけど、大部分が炭酸カルシウム、少量の燐、カリウム、ナトリウムなどの酸化物、そして微量元素としてマンガン、マグネシウム、さらにアラニンやグリシンというアミノ酸。つまり通常の骨と変わらず、人体に悪影響のある成分は一切無いわ」

由紀子が紙包みを開くと、ほんのひとつまみの灰色の粉末があった。

「これを飲んで、定期的に身体を調べさせて」

「分かりました。飲むのでお水を」

「水ではダメなの。用法では、女の体液で飲むべしとあるわ。オロチは毎年美女の生《い》け贄《にえ》を欲していたから、女から出るものでないといけないらしいの」

「体液で……」

「オシッコというわけにいかないので、唾液で我慢してね」

由紀子は言うなり唇を閉じ、懸命に口中に唾液を溜めはじめたようだった。さらに分泌を促すように、きっと酸っぱいレモンのことでも考えているのだろう。

（こんな知的な美熟女の唾液で粉薬を飲むなんて……）

勇二は期待と興奮で、さっき射精したばかりだというのにムクムクと勃起してきてしまった。いや、したばかりだからこそ、今度はじっくり味わいたいという思いが強かったのだろう。

やがて由紀子が促すように顔を向け、開いた包みを差し出してきた。

彼も胸を高鳴らせ、恭《うやうや》しく受け取ると、粉薬を舌の上にサラサラと落とした。

すると由紀子がのしかかるように顔を寄せ、唇をすぼめると、白っぽく小泡の多い大量の唾液を、トロトロと彼の舌に吐き出してきたのだ。

勇二は美熟女の唾液を舌に受け、ようやく粘つく糸が切れると口を閉じ、薬と共に生温かな粘液を飲み込んだ。

唾液も薬も味はないが、甘美な悦《よろこ》びが胸に広がった。

「まだ出るわ。開いて」

由紀子が囁《ささや》き、熱く湿り気ある息が彼の鼻腔をくすぐった。

それは白粉《おしろい》のような甘い刺激を含み、さらに勃起が激しくなった。

再び口を開くと、由紀子は続いてグジューッと唾液を滴《したた》らせ、彼も受け止めながら舌に残る粉末を洗い流すようにして喉に流し込んだ。

すると驚いたことに、由紀子は両手で勇二の頬を挟んだままピッタリと唇を重ね、ヌルッと舌を潜り込ませながら、なおも唾液を分泌させて口移しに注いできたではないか。

「ク……」

勇二は思いがけないファーストキスの感触に呻き、唾液に濡れて滑らかに蠢く舌を味わいながら、何度となく彼女の唾液を飲み下した。

彼女の鼻から洩れる息は、それほど匂いはないが嗅ぐたびに鼻腔に熱気と湿り気が満ち、甘美に胸に広がっていった。

由紀子は以前から、この竜骨の効果を試したくて、多くの学生からモニターを探していたのだろう。

しかし適当な男子がおらず、そこへいかにもひ弱で大人しそうな勇二と縁が持てたので彼に決めたようだ。

彼の舌に残る粉末も全て消え去ると、ようやく由紀子が口を離した。

「何か変化はある?」

顔を寄せたまま囁いたので、口から洩れる息が甘く匂った。変化と言えば、最大限に勃起していること以外、特に何も感じない。

「じゃ、隣の部屋に行きましょう」

由紀子が言い、勇二も立ち上がって、招かれるまま隣室に移った。

そこは寝室で、セミダブルベッドにテレビ、クローゼットなどがあり、室内には生ぬるく甘ったるい匂いが籠もっていた。

「それも全部脱いで寝て」

彼女が言い、自分も服を脱ぎはじめたではないか。

「長年の夢が、令和でやっと叶《かな》ったわ。童貞の子のザーメンを飲んで、オロチの粉末を飲ませてから初体験というのが念願だったの」

ブラウスのボタンを外しながら由紀子が言う。

勇二も、下着と靴下を脱ぐと、激しく勃起しながらベッドに横たわった。

枕には、美熟女の髪や汗や涎《よだれ》などの匂いが混じって濃厚に沁み付き、その刺激が股間に伝わってきた。

彼女も、見る見る白い熟れ肌を露わにしてゆくので、服の内に籠もっていた熱気が悩ましい匂いを含んで揺らめき、新鮮に室内に立ち籠めはじめた。

着痩せするたちなのか、ほっそり見えたが胸も尻も実に豊満である。

そして何しろ美形なので、さっきの若い不良たちも、母親ほどの歳であるこの熟女に激しい欲望を感じたのだろう。

ブラを外すと見事な巨乳が弾《はず》み、さらに最後の一枚を脱ぎ去ると、とうとう由紀子は一糸まとわぬ姿になり、最後にメガネを外して枕元にコトリと置くと、優雅な仕草で添い寝してきた。

「いいわ、さっき出したばかりだし、童貞なら色々してみたいことがあるでしょう。先に好きなようにして」

由紀子が優しく囁いたので、勇二は甘えるように腕枕してもらった。

そして腋《わき》の下に鼻を埋め込み、目の前で豊かに息づく巨乳に恐る恐る手を這わせていった。

「あう、夢中でシャワーを浴びるのを忘れていたわ。汗臭くないかしら……」

由紀子は言ったが、勇二は小さく頷《うなず》いただけで乳首を探り、ジットリ汗ばんで甘ったるい匂いを濃厚に籠もらせた腋の下を嗅ぎまくった。

（ああ、大人の女の匂い……）

勇二はうっとりと酔いしれながら鼻腔を満たし、やがてそろそろと移動してチュッと乳首に吸い付いていった。

「あう……」

由紀子が小さく呻き、ビクリと熟れ肌を波打たせた。

彼はコリコリと硬くなっている乳首を舌で転がし、顔中を押し付けて柔らかな巨乳を味わった。

彼女が仰向けの受け身体勢になったので、自然に勇二ものしかかる形になり、左右の乳首を交互に含んで舐め回した。

「アア……、いい気持ちよ……」

由紀子が顔を仰け反らせて喘ぎ、彼の髪を撫で回した。

勇二は、はじめのうちは自分の未熟な愛撫を繰り出すのがやけに気恥ずかしかったが、彼女の激しく喘ぐ反応に元気づけられ、次第に積極的に行動出来るようになっていった。

滑らかな熟れ肌を舐め降り、形良い臍《へそ》を舌で探り、ピンと張り詰めて弾力ある下腹に顔を押し付けて感触を味わった。

しかし、まだ股間に行くのは早いだろう。せっかく口内発射させてもらったばかりなのだから、この際じっくりと女体を隅々まで堪能したかった。

豊満な腰からムッチリした太腿《ふともも》へ移動し、スラリと長い脚を舐め降りていくと、肌はどこもスベスベで滑らかな舌触りだった。

足首まで行くと足裏に回り込み、踵《かかと》から土踏まずを舐め、形良く揃った足指の間に鼻を割り込ませると、そこはジットリと生ぬるい汗と脂《あぶら》に湿り、蒸れた匂いが濃く沁み付いていた。

堪《たま》らず勇二は、匂いを堪能してから爪先にしゃぶり付き、順々に指の股に舌を挿し入れて味わったのだった。

3

「アア……、ダメよ、汚いのに……」

由紀子は下半身をくねらせて喘いだが、激しく拒みはしなかった。

勇二は両足とも、全ての指の間をしゃぶり尽くすと、いったん顔を上げて由紀子をうつ伏せにさせた。

そして踵からアキレス腱、脹《ふく》ら脛《はぎ》から汗ばんだヒカガミ、太腿から尻の丸みをたどり、腰から滑らかな背中を舐め上げていった。

ブラのホック痕は、淡い汗の味がし、

「あう……」

彼女が顔を伏せて呻き、くすぐったそうにクネクネと身悶えた。一見何のポイントもない背中でも、女性には感じる場所のようだった。

勇二は初めての女体を探検するように念入りに舌を這わせ、肩まで行くと髪に鼻を埋めて甘い匂いを貪《むさぼ》った。

柔らかな黒髪を掻《か》き分け、耳の裏側に鼻を押し付けて嗅ぐと、そこにも蒸れた汗の匂いが濃く籠もっていた。

舌を這わせて味わい、再び肩から背中へと舐め降り、たまに脇腹に寄り道しながら白く豊満な尻へと戻ってきた。

うつ伏せのまま彼女の股を開かせて真ん中に腹這い、尻に迫って指でムッチリした谷間を広げると、薄桃色の可憐な蕾《つぼみ》がひっそり閉じられていた。

単なる排泄器官の末端が、これほど美しいことに目を奪われながら、やがて彼は吸い寄せられるように顔を埋め込んでいった。

顔中で双丘の弾力を感じながら蕾に鼻を埋めて嗅ぐと、そこも蒸れた汗の匂いに混じり、淡いビネガー臭が秘めやかに籠もって妖しく鼻腔を刺激してきた。

匂いを貪ってから蕾にチロチロと舌を這わせ、細かな襞《ひだ》を濡らしてからヌルッと潜り込ませて滑らかな粘膜を探った。

「く……、ダメ……」

由紀子が呻き、キュッと肛門で舌先を締め付けてきた。

勇二は舌を蠢かせて味わい、ようやく顔を上げると、彼女は尻を庇《かば》うように再びゴロリと寝返りを打った。

彼は片方の脚をくぐり、仰向けになった彼女の内腿を舐め上げ、熱気と湿り気の籠もる股間に迫った。見ると、ふっくらした丘に黒々と艶のある恥毛が程よい範囲に茂り、肉づきが良く丸みを帯びた割れ目からは、ネットリと蜜に潤う花びらがはみ出していた。

とうとう女体の神秘の部分に達した感激に包まれながら、彼はそっと指で陰唇を左右に広げてみた。

花弁のように襞の入り組む膣口《ちつこう》が、ヌメヌメと蜜に濡れて息づき、ポツンとした小さな尿道口も確認できた。包皮の下からは小指の先ほどもあるクリトリスが、真珠色の光沢を放ってツンと突き立っていた。

「ああ、そんなに見ないで……」

勇二の熱い視線と息を中心部に感じ、由紀子がヒクヒクと白い下腹を波打たせて喘いだ。彼も、艶《なま》めかしい眺めに我慢できず、ギュッと由紀子の股間に顔を埋め込んでいった。

柔らかな恥毛に鼻を擦り付けて嗅ぐと、隅々には蒸れた汗の匂いが濃厚に籠もり、それに淡い残尿臭も悩ましく混じって鼻腔を刺激してきた。

「いい匂い」

「あう……!」

嗅ぎながら思わず言うと、由紀子が羞恥に呻き、キュッときつく内腿で彼の両頰を挟み付けてきた。

勇二は胸を満たしながら舌を挿し入れ、膣口の襞をクチュクチュと掻き回した。

すると淡い酸味のヌメリが、すぐにも舌の動きを滑らかにさせ、彼はそのまま柔肉をたどってクリトリスまで舐め上げていった。

「アアッ……、い、いい気持ち……」

由紀子が内腿に力を入れ、身を弓なりに反らせて熱く喘いだ。

やはりクリトリスが最も感じるのだろう。彼は、自分の稚拙《ちせつ》な愛撫で美熟女が喘ぐのが嬉しく、熱を込めて舐め回し、吸い付いた。

愛液は泉のようにトロトロと湧き出し、勇二はクリトリスを舐めながら指を膣口に入れ、初体験する場所はどんなものか探るように内壁をいじった。

「ああ、入れて、指じゃなく本物を……」

すっかり高まった由紀子がせがみ、やがて勇二も指を引き抜いて舌を離した。

身を起こして股間を進め、すっかり回復している先端を割れ目に擦り付け、ヌメリを与えながら膣口を探った。

「もう少し下……、そう、そこよ、来て……」

彼女が言い、僅かに腰を浮かせて位置を定めてくれたので、グイッと股間を進めると、張り詰めた亀頭がヌルリと潜り込んだ。

「あう、奥まで……！」

由紀子が呻き、そのまま挿入してゆくと、急角度にそそり立ったペニスはヌルヌルッと滑らかに根元まで吸い込まれていった。

「ああ……、いい……！」

由紀子がビクッと顔を仰け反らせて喘ぎ、キュッときつく締め付けてきた。

勇二も、肉襞の摩擦と温《ぬく》もり、潤いと締まりの良さに包まれながら、何とか二十歳を目前にして初体験できた感激に浸った。

陰唇が左右に広がるので、膣内も左右に締まるかと思ったが、実際は上下に締まるのだった。これも、してみなければ分からない発見であった。

そして女体と一つになるというのは、何という快感だろうと思った。もし、さっき彼女の口に射精していなかったら、この挿入の感触だけで、あっという間に漏《も》らしていたことだろう。

するとと由紀子が童貞の若いペニスを味わうように、キュッキュッと締め付けながら両手を伸ばし、彼を引き寄せた。

勇二もヌメリで抜けないよう股間を密着させながら、そろそろと両脚を伸ばし、身を重ねていった。

由紀子も両手を回し、下からしっかりとしがみついた。

胸の下では巨乳が押し潰れて心地よく弾み、彼女がズンズンと股間を突き上げはじめると、恥毛が擦れ合いコリコリする恥骨の膨らみも伝わってきた。

「突いて、強く何度も奥まで……」

由紀子が息を弾ませて言い、突き上げを強めてきた。

勇二も合わせてぎこちなく腰を突き動かすと、何とも心地よい摩擦が伝わり、溢れる愛液ですぐにも動きが滑らかになった。

そしてクチュクチュと淫らに湿った摩擦音も聞こえ、彼も次第に激しい動きになっていった。

「アア、いいわ、いきそうよ……！」

由紀子が身を弓なりに反らせて喘ぎ、激しく腰を跳ね上げはじめた。

すると動きのリズムが合わなくなり、大量の潤いによりヌルッとペニスが抜け落ちてしまった。

「あう、焦《じ》らないで……」

「ど、どうか上になって下さい……」

勇二が答えると、すぐにも由紀子が身を起こしてきた。年上女性との初体験は、女上位が願いだったのだ。

彼が入れ替わりに仰向けになると、由紀子はまずペニスに屈み込み、自分の愛液に濡れているのも構わず亀頭にしゃぶり付き、舌をからめてヌメリを補充した。

「ああ……」

勇二は舌の蠢きに喘いだが、すぐに由紀子も口を離して顔を上げた。

「なんか、さっきより大きくて硬くなっているわ……」

由紀子が言う。

彼も思わず股間を見ると、ごく平均的と思っていた自分のペニスが雄々しく突き立ち、亀頭もツヤツヤと光沢を放っているではないか。

オロチの粉末が、彼女の唾液のみならず愛液まで吸収し、今ようやく神秘の効果が発揮されはじめたのかも知れない。

由紀子は、期待に目をキラキラさせて彼の股間に跨《また》がってきた。

幹に指を添えて先端に割れ目を押し当て、ゆっくり腰を沈めて膣口に受け入れた。

再び、屹立《きつりつ》したペニスがヌルヌルッと滑らかに根元まで呑み込まれ、彼女も上からピッタリと股間を密着させた。

「アア……、いい気持ち、奥まで届くわ……」

由紀子が顔を仰け反らせて言い、キュッときつく締め上げてきた。

そして脚をM字に立てたまま、スクワットでもするように腰を上下させはじめると彼も下からズンズンと股間を突き上げた。

もう仰向けで腰が安定しているので、リズムや角度が狂っても抜ける心配はなさそうだった。

さらに彼女が覆いかぶさり、勇二の顔の左右に両手を突き、唇を重ねてきた。

由紀子が両手足を折り曲げているので、何やら巨大な雌蜘蛛《めすぐも》に襲われているようで、まさにスパイダー騎乗位というものであった。

4

「ンンッ……！」

由紀子が熱く鼻を鳴らし、ネットリと舌をからめた。

大量の愛液が溢れ、勇二の股間までビショビショになり、陰嚢の脇から肛門の方にまで生温かく伝い流れてきた。

やがて由紀子が両膝を突き、腰を遣いながら淫らに唾液の糸を引いて口を離した。

「すごいわ……、深くまで掻き回されている……」

由紀子が近々と顔を寄せたまま、白粉臭の刺激を含んだ吐息を弾ませて囁いた。

確かに自分でも、勇二は自身のペニスの変化に気づいていた。

急角度にそそり立っているから、亀頭のカリ首が膣内の天井をリズミカルに擦り、先端は奥深い子宮口にまで触れ、さらに亀頭が自在に円運動をし、幹もまるでオロチの鱗《うろこ》のように内壁を刺激している感じがする。

ヤマタノオロチは女性の生け贄を好んだというし、何といっても蛇はペニスの象徴だから、竜骨の効果はペニスに対して最も多く顕《あらわ》れたのかも知れない。

「アア……、ダメ、いっちゃう……、アアーッ……！」

たちまち由紀子が声を上ずらせ、ガクガクと狂おしい痙攣《けいれん》を開始した。

膣内の収縮も活発になり、どうやら本格的にオルガスムスに達してしまったようだった。

勇二も彼女の喘ぐ口に鼻を押し付け、かぐわしい吐息を嗅ぎながら鼻腔を湿らせ、うっとりと胸を満たしながら股間を突き上げた。そして心地よい摩擦の中で、激しく昇り詰めていった。

「く……！」

大きな絶頂の快感に呻くと同時に、ありったけの熱いザーメンがドクンドクンと内部にほとばしり、奥深い部分を勢いよく直撃した。

「あう、熱いわ……！」

噴出を感じた由紀子が、駄目押しの快感を得たように呻き、キュッときつく締め付けてきた。愛液は粗相《そそう》したように大量に溢れ、なおも動くとピチャクチャと淫らな摩擦音が響いた。

口内発射も夢のように気持ち良かったが、やはりこうして一体となり、男女ともに快感を分かち合うのが最高なのだと勇二は実感した。

彼は快感を嚙み締めながら股間を突き上げ、心置きなく最後の一滴まで出し尽くしていった。

そして、すっかり満足しながら徐々に突き上げを弱めていくと、

「アア……」

由紀子が声を洩らし、いつしか熟れ肌の硬直を解いて、力尽きたようにグッタリともたれかかっていた。

まだ膣内はキュッキュッと名残惜しげな収縮が繰り返され、内部で刺激されたペニスがヒクヒクと過敏に跳ね上がった。

「あう、もう暴れないで、感じすぎるわ……」

由紀子も相当に敏感になっているように言い、幹の蠢きを抑えつけるようにきつく締め上げた。

勇二は美熟女の重みと温もりを受け止め、熱く甘い吐息を嗅ぎながら、うっとりと快感の余韻に浸り込んでいった。

「すごすぎるわ。こんなに感じたの初めてよ……」

由紀子が、息も絶えだえになって囁いた。完全に動きを止めても、熟れ肌が思い出したようにビクッと震えていた。

そして彼女は、それ以上の刺激を拒むように懸命に力を入れると、そろそろと股間を引き離してゴロリと横になった。

「まだ勃《た》ってるのね……」

添い寝しながら、由紀子が愛液にまみれてほのかに湯気の立つペニスを見て言った。

「あ、本当だ……、もう力を抜いてもいいですね」

勇二も気づき、力を抜くと見る見るイチモツは萎《な》えていった。

「え、自由にできるの？　もう一回勃たせてみて」

言われて気を込めると、ペニスはすぐにもピンピンに突き立っていった。

「すごいわ……、硬さも大きさも自在なんて……、祖父は口には出さなかったけど、鋼鉄のような肉体や力を得るだけじゃなく、精力の方も絶大になるのね」

由紀子が言い、勇二ももう良いだろうと強《こわ》ばりを解いた。

「何度でも出来そう？」

「ええ、おそらく」

「でも今夜はもう充分だわ。またいったら明日起きられなくなるから……」

由紀子は呼吸を整えて言い、起き上がった。

「服を持って、下でシャワーを浴びましょう」

言われて勇二もベッドを降りると、射精直後なのに何やら全身に力が漲《みなぎ》っている感じがした。

「何だか身体が軽いです。あの竜骨の効果って、一生ものなんですか？」

「たぶん。祖父も一度飲んだだけなのに、以来病気知らずで長寿を全うしたのだから」

服を持って階段を下りながら訊くと、由紀子が答えた。

「じゃ、一生かけて恩返しをしないと」

「そんなことはいいけど、今後とも色々検査させて」

彼女がそう言う。もっとも調べたところで、もうヤマタノオロチの骨は残っていないのである。

やがて階下のバスルームに入ると、由紀子がシャワーの湯を出して互いの全身を洗い流した。

「唇の傷が治ってるわ。痛みはある？」

「いえ、殴る蹴るされた場所全てに、痛みは残っていません」

「すごいわ。本当なら刃物で刺して試したいところだけど、そうもいかないわね」

由紀子は言い、勇二は湯に濡れた彼女の熟れ肌を見ているうち、また股間がムズムズしてきた。

「ね、オシッコしているところ見たい」

勇二は、思い切って恥ずかしい要求をしてしまった。何しろ竜骨を彼女の唾液で飲み下し、さらに愛液を吸収してから力が漲った気がしたので、もっと彼女から出るものを取り入れたくなったのだ。

「恥ずかしいわ。でも出そう。どうしたらいいかしら」

「ここに立って、こうして」

由紀子が言うので、勇二は床に座ったまま目の前に彼女を立たせ、片方の足を浮かせてバスタブのふちに乗せさせた。

そして開かれた股間に顔を埋めると、濡れた恥毛の隅々に籠もっていた濃厚な匂いはもう消え去っていた。それでも割れ目を舐めると、すぐにも新たな愛液が溢れて舌の動きがヌラヌラと滑らかになった。

「あう……、出そうよ、離れて……」

由紀子が言ったが、彼は舐め続けた。すると柔肉が迫り出すように盛り上がり、味わいと温もりが変化した。

「く……、出ちゃう、アア……」

彼女がガクガクと膝を震わせて言うなり、チョロチョロと熱い流れがほとばしってきた。

勇二は口に受け止め、味わってみたが実に淡い桜湯のようで匂いも薄く、飲み込んでも全く抵抗がなかった。しかし勢いが増すと口から溢れた分が温かく胸から腹に伝い流れ、すっかりピンピンに回復したペニスを心地よく浸した。

「アア……、ダメよ、飲んだりしたら……」

由紀子が息を弾ませて言い、間もなく流れが治まってしまった。

勇二は余りの雫《しずく》をすすり、残り香の中で柔肉を舐め回した。すると新たに溢れた愛液が残尿を洗い流すように、淡い酸味のヌメリが満ちていった。

「も、もうダメ……」

やがて彼女が言って足を下ろすと、力尽きたようにクタクタと椅子に座り込んだ。

「ね、もう一回射精しないと落ち着かない……」

勇二は甘えるように言い、バスタブに腰を下ろし、彼女の目の前で股を開いた。

「いいわ、お口でならしてあげる。竜骨の力に目覚めた君のザーメンを飲んでみたいから」

由紀子も答え、顔を寄せてきた。

舌を伸ばして粘液の滲《にじ》んだ尿道口を舐め回し、張り詰めた亀頭をくわえ、スッポリと喉の奥まで呑み込んでいった。

「ああ……」

勇二は快感に喘ぎ、由紀子も最初から執拗に舌をからめ、たっぷり唾液を出して顔を前後させ、濡れた口でスポスポと強烈な摩擦を開始してくれた。

彼も今回は、少しでも快感を味わおうと長引かせるようなことはやめて、我慢せずに素直に快感を受け止めた。

するとの急激に快感が高まり、あっという間に絶頂に達してしまった。

どうやらペニスの硬軟が自在になっただけでなく、我慢したり果てるのも思いのままのようだ。

「い、いく……、ああ、気持ちいい……」

勇二は股間に美女の熱い息を受け止め、快感に貫かれて口走った。

同時に熱い大量のザーメンがドクンドクンと勢いよくほとばしり、彼女の喉の奥を直撃した。

「ク……、ンン……」

由紀子が噴出を受けて呻き、なおも唇の摩擦と吸引、舌の蠢きを続行してくれた。

勇二も心ゆくまで快感を嚙み締めながら最後の一滴まで出し尽くし、すっかり満足しながら強ばりを解いていった。

すると由紀子も摩擦を止め、含んだままゴクリと飲み干し、ようやくチュパッと口を離した。

「何だか力がもらえそう……」

彼女は言い、なおも幹をしごいて余りを搾り、尿道口に脹らむ余りの雫までチロチロと丁寧に舐め取ってくれた。

「アア……、も、もういいです、有難《ありがと》うございました……」

勇二は過敏に反応し、降参するように腰をよじって言ったのだった。

5

「あれえ、お前さっきのチビじゃねえか」

勇二が由紀子の医院を出て帰途につくと、傍《かたわ》らに一台の車が停まって男が言った。

さっき由紀子にからんでいた、三人組の不良たちである。みな頭が悪そうで、勇二と同い年ぐらいの二十歳前後である。

周囲は住宅街の外れで、まったく人けはない。

「あの綺麗なオバサンとしけ込んでいたのか。まあいいや、金ぐらい出せや」

言うなり三人が降りてきた。しかも一人はトランクから、脅すために金属バットまで出してきたのである。

「どうしてそんな理屈になるんだ」

勇二は苦笑して答えた。全く恐怖が湧かず、幼稚園児にからまれている程度の感覚であった。

「てめえ、何がおかしい。また殴られてえのか！」

「ああ、さっきのお返しをしないとな」

勇二が答えると、正面の男がいきなりパンチを繰り出してきた。それを左手で受けると、

「う……！」

男が拳を押さえて呻いた。まるで鉄の塊《かたまり》を素手で殴ったようなものかも知れない。

勇二の方は全く衝撃を感じず、咄嗟に拳で男の左頬を殴った。

「ぐわッ……！」

すると男が奇声を発し、顔の下半分が完全にずれた。手応えからして、奴の左半分の骨と歯が粉々に粉砕されたようだった。

ひとたまりもなく、男は白目を剥いて昏倒した。

「こいつ……！」

もう一人の男が、勇二の二の腕めがけてバットで殴りつけてきた。頭を狙わないのは、さすがに殺す気はないということなのだろう。

しかし、それも鉄の塊を殴ったようにバットが弾《はじ》き返されていた。

「な、何だ、こいつ……」

バットを持った手を痺れさせながら、男が一瞬怯《ひる》んだ隙に、勇二はバットを奪い取り、両端を持って自分の膝に叩きつけた。すると、見事にバットが半分にへし折れたではないか。

さらにバットを捨て、男の脇腹に拳骨を叩き込むと、肋骨《ろっこつ》が数本折れた音と手応えがあり、何本かの骨はシャツから飛び出して血に染まった。

勇二には、相手の動きがスローモーションのように見え、どんな攻撃も思いのままであった。

「や、野郎……！」

残る一人が震える声で言うなり、ナイフを出して勇二の腹に突きかかってきた。

しかし、これも分厚い鉄板を思い切り刺したように切っ先がピタリと止まり、勢い余った指が刃に触れて血が滴った。

どうやら肌は切っ先が触れても凹《へこ》みもせず、不可視で薄い頑丈なバリヤーでも張られているようだった。

勇二が最後の一人の膝を蹴ると、脚が膝から逆に折れ曲がった。

男は声もなく倒れ込み、あまりの激痛で大小の失禁をしていた。

（つ、強い……）

勇二は、自分の手を見て思い、シャツをめくり、切っ先が触れたであろう腹の様子も見てみたが全くの無傷であった。この分なら、由紀子の祖父が弾丸を跳ね返したというのも誇張ではないと思った。

そして彼は、折れ曲がったバットと一緒に昏倒している三人を車の中に押し込んでドアを閉め、息一つ切らさずに歩きはじめた。

もちろん喧嘩に勝ったことなど生まれて初めてだし、そもそも一方的に殴られるばかりで反撃したことすら今までなかったのだった。

三人とも生命に別状はないだろうが、今日受けた傷は修復不可能だろうから、一生抱えていくことになるに違いない。

早足で夜道を歩いていたが、実にものすごいスピードで、左右の景色が勢いよく後方へ流れるようだった。

由紀子の家は隣町だったが、ものの五分で彼は自宅に着いたのである。

帰宅して施錠し、勇二はまず裸になって洗面所の鏡に自分を映して見た。

小柄で痩せて色白、全く体型は以前と変わっていない。しかし、この体内に鋼鉄のような力が秘められているのだ。

ただ自分の顔つきを見ると、表情だけは、気弱そうなものから自信に満ちた逞《たくま》しいものに変化していた。

やがて勇二は下着を替え、キッチンで冷凍物をチンして遅めの夕食を終えると、二階の自室に上がっていった。

六畳ほどの洋間にベッドと本棚、机にパソコン。

いつもと変わらぬ自分の部屋だが、自分自身は大きく変わった。

ヤマタノオロチの力で超人になり、しかも初対面の美熟女に手ほどきを受け、もう童貞を卒業したのである。

淫らなことを思えばすぐにもペニスは最大限に勃起するし、気をしずめようとすれば元に戻る。

だから、すでに由紀子を相手に三回射精してきたが、今すぐにでもオナニーしたい衝動に駆られてしまった。

(いや、せっかく念願の初体験をしたのだから、今夜は余韻の中で眠った方が良いだろうな……)

オナニーして射精しても、疲労感などなくすぐ回復するだろうが、勇二は由紀子にしてもらった数々を思い浮かべながら寝ることにした。

灯りを消して横になると、明日からどうしようかと思いを巡らせた。

大学の講義はいつも通り受けるとして、自信も付いたのだから、好意を抱いている女性にアタックするべきではないか。

勇二は、一級下の美少女、まだ十八歳で一年生の加島耶江《かしまやえ》を思った。

女子高から進学し、まだ誰かと付き合っている様子はないから処女かも知れない。

もちろん処女相手でも、ペニスの太さや長さは調整できそうだから、ちょうど良く合わせられるだろう。

何やら彼は、ヤマタノオロチの生け贄になる美少女を連想した。

そんなことを思いながらも、さすがに三回の射精と大きな出来事の連続で疲れていたか、間もなく勇二は深い眠りに落ちていったのだった……。

——翌日、勇二は朝食を終えて大学へ行った。

駅までの道のりで、特に昨夜の不良たちが大怪我した事件などを、警察が調べている様子もないようだ。

やがて彼は大学で午前中の授業を終えたが、特に学力の方が抜群に向上した様子もない。

しかしやけに、女子たちの眼差《まなざ》しを多く感じられたので、あるいは目に見えないオロチの力強いオーラのようなものが醸《かも》し出されているのかも知れない。

そして午後の講義を終えると、ちょうど一年生の耶江に会った。互いに古文のサークルに所属しており、勇二は彼女に熱い思いを寄せているが、耶江の方では単に挨拶する程度の仲だと考えているだろう。

「やあ、今日の講義は終わった？」

「はい。山尾さん、何だか雰囲気が変わりました？」

声をかけると、耶江が小首を傾《かし》げて彼を見ながら言った。

「何も変わらないよ。今日はサークルもないからお茶でもどうかな」

やはり自信の表れか、勇二は今まで出来なかった誘いも気軽に口に出せるようになっていた。

「いえ、近々ママが東京に出てくるので、お部屋を片付けようと思ってるんです。あ、もし何なら手伝ってもらえますか？　電球の交換とかしたいので」

耶江が可憐な笑窪を見せて言った。彼女もまた今まで、こうしたことを彼に言ったことがないので、やはりこれも勇二のオーラのなせる技なのだろう。

「うん、じゃ手伝うから行こうか」

勇二は期待に激しく勃起しながら答え、一緒に大学を出た。

耶江の実家は静岡で、彼女はこの都下郊外にある大学の近くで一人暮らしをしている。

十分ほど歩いた住宅街の入り口に、耶江の住むハイツがあった。

「ここです」

耶江は鍵を出して言い、一階の端にある部屋のドアを開けた。

招かれるまま上がり込むと、耶江がドアを閉めて内側からカチリとロックした。

いつもの習慣なのだろうが、密室になり勇二は激しく胸を高鳴らせた。

上がるとキッチンがあって清潔にされていて、あとは八畳ほどのワンルームだ。

奥の窓際にベッド、手前に机と本棚、あとはテーブルとテレビなどが機能的に配置されていた。

そして彼は室内に籠もる美少女の甘ったるい匂いを感じて、ムクムクと激しく勃起してしまったのだった。

第二章　無垢な美少女の匂い

1

「ちゃんと片付いてるじゃないか。これならいつ親が来ても大丈夫だよ」

勇二が室内を見回して言うと、耶江はお茶を淹《い》れてくれた。

「そうかしら……」

「うん、男が来ている形跡なんかも見受けられないしね」

「だって、彼氏なんていたことないですから」

耶江が言い、テーブルに湯飲みを置いたので勇二も作業を後回しにし、座ってお茶をすすった。

耶江も学習机の椅子に座って、カップから茶を飲んだ。

スカートから健康的な脚が伸び、ややもすれば奥が覗けそうだ。

見た目が幼いので、もし制服を着れば高一ぐらいで通用するかも知れない。

ショートカットの黒髪が初冬の陽射しを含んでふんわりとし、少女っぽい服装に白のソックスだ。

「本当に誰とも付き合ったことないの？」

「ないです。男性と二人きりで話すのも初めてだし、どうしてここに二人でいるのかも、よく分からないぐらいですから」

耶江が、やや緊張気味に言う。どうやら、やはり本当にキスも知らない処女のようだった。

もっとも勇二自身も、昨日の夜までは同じく無垢だったのである。

「とにかく仕事をしてしまおうか」

勇二は言い、茶を飲み干して立ち上がると、彼女も買っておいた電球を一つ出し、座っていた椅子も部屋の真ん中に移動させた。

「ほら、ここが切れてます」

耶江がスイッチを入れて言うので、見ると天井の電球の一つが点かない。

勇二はその真下に椅子を持っていって乗り、手を伸ばして切れた電球を外した。

それを耶江に渡して、新たな電球をもらい、天井に取り付けた。そしてスイッチを入れると点いたので、あっという間に役目は終わってしまった。

それでも女の子にしてみれば、椅子に乗って天井に手を伸ばして交換するのは大変なのだろう。

耶江が椅子を戻し、勇二は洗面所を借りて手を洗った。

部屋に戻ると、彼女がベッドの端に座り、まだ緊張気味に身を硬くしているので勇二はあえて隣に座って身体をくっつけた。

耶江が俯《うつむ》いたままビクリと身じろいだが、それでも充分に好奇心を持って期待しているだろうというような感覚が、温もりとともに触れ合った部分から伝わってくるようだった。

それに大学一年生にもなって処女というのも、彼女にとっては恥ずかしいことなのだろう。

ここは勇二が、思い切って行動するべきだった。

「ね、キスしたい……」

肩に手を回して囁き、そっと耶江の頬に手を当てて顔を向けさせた。

そのまま顔を寄せると、すぐに彼女は力を抜いて長い睫毛《まつげ》を伏せた。

唇を触れ合わせると、柔らかなグミ感覚の弾力と、ほのかな唾液の湿り気が伝わってきた。

こんなにもすんなりキスできるのなら、もっと早くすれば良かったと思ったが、やはり今まではオロチの力もないので無理であり、今日が最適の日だったのだろう。

感触を味わいながら、耶江の鼻から微かに洩れる息を嗅ぐと、あまり匂いは感じられず熱気が鼻腔を刺激してきた。

そろそろと舌を挿し入れ、滑らかな歯並びを舐めると、

「ク……」

耶江が小さく呻き、怖《お》ず怖ずと歯を開いて侵入を受け入れてくれた。

中に潜り込ませて美少女の舌に触れ合わせると、ビクッと奥に避難した。それを追ってからみつけると、やがて耶江もチロチロと蠢かせてくれた。

美少女の舌は生温かな唾液に濡れ、実に滑らかで美味《おい》しかった。

何やら勇二はこれがファーストキスのような感激と興奮に包まれたが、耶江の方は本当のファーストキスで、しきりに熱い息を震わせていた。

やがて勇二は美少女の舌を舐め回しながら、耶江のブラウスの胸にそっとタッチしてしまった。

「アア……！」

耶江がビクリと口を離して喘いだ。口から吐き出される息は、熱く湿り気があり、何とも甘酸っぱい芳香が含まれていた。

勇二は興奮を高め、

「ね、脱いじゃおうか」

彼女のブラウスのボタンを外しながら囁いた。

すると耶江が、手を伸ばしてカーテンを閉め、あとは自分で脱ぎはじめてくれたのである。

彼も手早く服を脱いで全裸になり、先にベッドに横たわった。

やはり枕には、濃厚な思春期の匂いが沁み付いて、悩ましく勇二の鼻腔を刺激してきた。

もちろんカーテンを閉めても、室内は充分に明るいので処女の隅々まで観察できるだろう。それにヤマタノオロチの力を宿してから、非常に五感が研ぎ澄まされているので、たとえ暗闇でも夜目が利くことだろう。

耶江が脱いでいくたびに新鮮な体臭が解放されて揺らめき、生ぬるく室内に籠もりはじめた。

やがて耶江が背を向けながら、とうとう最後の一枚を脱ぎ去ると、大きな水蜜桃《すいみつとう》のような尻がこちらに突き出された。そして向き直ると、胸を隠しながらそろそろと彼に添い寝してきた。

勇二は耶江を仰向けにさせ、胸に当てている両手をやんわり外して無垢な乳房を露わにさせた。

膨らみは実に張りがありそうで形良く、乳首も乳輪も初々しい桜色をしていた。

「わあ、可愛い……」

勇二は美少女のオッパイに見惚《みと》れて言い、そのまま顔を埋め込んでチュッと乳首に吸い付いた。そして顔中を弾力ある膨らみに押し付けて感触を味わい、乳首を舌で転がした。

「アア……」

耶江がビクッと反応してか細く喘ぎ、さらに濃い匂いを漂わせた。

勇二もまさか、年上女性の手ほどきを受けた翌日、すぐにも処女を相手に手ほどきするなど夢にも思っていなかった。

もう片方の乳首も含んで舐め回し、左右とも充分に味わうと、彼は耶江の腕を差し上げ、ジットリ汗ばんだ腋の下にも鼻を埋め込んでいった。

そこは甘ったるいミルクのような汗の匂いが濃厚に籠もり、馥郁《ふくいく》と鼻腔を満たしてきた。舌を這わせるとスベスベの感触で、剃《そ》り跡のざらつきなども全く感じられなかった。

そのまま脇腹を舐め降り、腹の真ん中に移動して愛らしい縦長の臍を探り、張り詰めた下腹に顔中を押し付けて弾力を味わった。

やはり股間は最後に取っておき、彼は腰骨からムッチリした太腿に移動し、健康的な脚を舐め降りていった。足首まで行って足裏に回り込んでも、耶江はじっと仰向けのまま目を閉じ、されるまま神妙に身を投げ出していた。

足裏に舌を這わせ、縮こまった指に鼻を押し付けて嗅ぐと、やはりそこは汗と脂にジットリ湿り、ムレムレの匂いが濃く沁み付いていた。

その匂いは由紀子以上に濃厚で、やはり若いぶん今日も朝から動き回り、新陳代謝も活発なのだろう。

爪先にしゃぶり付き、彼は順々に指の股に舌を割り込ませて味わった。

「あう、ダメ……」

耶江がビクリと脚を震わせて呻き、彼の口の中で舌を挟み付けてきた。

勇二は全ての指の股を味わい、もう片方の爪先も貪り尽くした。

そして股を開かせ、脚の内側を舐め上げ、ムチムチと張りのある白い内腿をたどって無垢な股間に迫っていった。

「ああ、恥ずかしい……」

大股開きにされ、耶江が声を震わせて言った。

見ると、ぷっくりした股間の丘には、楚々《そそ》とした和毛《にこげ》が恥ずかしげに淡く煙り、割れ目は二つのゴムまりでも左右に並べて押しつぶしたような丸みを帯びていた。

僅かにピンクの花びらがはみ出し、そっと指を当てて広げると、中身が丸見えになった。

処女の膣口が襞を入り組ませて微かに息づき、柔肉はヌメヌメと清らかな蜜に潤っていた。小さな尿道口も確認でき、包皮の下からは小粒のクリトリスが光沢ある顔を覗かせている。

堪らずに顔を埋め込み、柔らかな恥毛に鼻を擦り付けて嗅いだ。

隅々には、腋に似た甘ったるい汗の匂いが濃く沁み付き、それにほのかなオシッコの匂いと、処女特有の恥垢《ちこう》だろうか、チーズ臭も混じって悩ましく彼の鼻腔を掻き回してきた。

胸を満たしながら舌を這わせ、陰唇の内側に挿し入れていった。

ヌメリは淡い酸味を含み、勇二が舌先でクチュクチュ膣口の襞を探り、味わいながら柔肉をたどり、ゆっくりクリトリスまで舐め上げていくと、

「アアッ……！」

耶江がビクッと顔を仰け反らせて喘ぎ、内腿でムッチリと彼の両頬を挟み付けてきた。勇二はもがく腰を押さえつけながら、チロチロと執拗にクリトリスを舐めると、次第に蜜の量が増して舌の動きが滑らかになっていった。

2

「ダメ……、変になりそう……」

耶江が嫌々をしながら声を洩らし、勇二は執拗に舌を這わせては、溢れる蜜をすすった。

さらに彼女の両脚を浮かせ、尻に迫った。

谷間には可憐な薄桃色の蕾がひっそり閉じられ、鼻を埋め込むと顔中に張りのある双丘が密着した。嗅ぐと蕾には秘めやかに蒸れた微香が籠もり、悩ましく鼻腔を刺激してきた。

充分に嗅いでから舌先でチロチロと蕾をくすぐり、濡れた襞の間にヌルッと潜り込ませて滑らかな粘膜を探った。

「あう……！」

耶江が呻き、キュッと肛門で舌先を締め付けてきた。

勇二は中で舌を蠢かせ、微妙に甘苦い味わいを貪った。すると鼻先にある割れ目から、さらに大量の蜜がトロトロと湧き出てきたのである。

彼は脚を下ろして舌を引き離し、再びヌメリを舐め取ってからクリトリスに吸い付いた。

「も、もうダメ……」

耶江がむずがるように言ってもがき、懸命に彼の顔を股間から追い出してきた。

ようやく勇二も顔を離して股間から這い出し、再び添い寝していった。

そして耶江に腕枕をし、手を握ってペニスに導いた。

耶江も息を詰め、好奇心に指を蠢かせて亀頭に触れると、やんわりと手のひらに包み込んでニギニギと探った。

「ああ、気持ちいい……、ここ舐めて……」

勇二は快感に幹を震わせながら、彼女の口に乳首を押し付けた。

耶江もペニスをいじりながら、そっと彼の乳首に吸い付き、チロチロと舌を這わせてくれた。

「噛んで……」

言うと、耶江も綺麗な前歯でそっと乳首を挟んでくれた。

「あう、もっと強く……」

勇二がせがむと、耶江もやや力を込めて噛んでくれた。甘美な刺激に興奮を高め、手のひらの中でヒクヒクと幹が震えると、彼女も思い出したようにニギニギと愛撫してくれた。

やがて左右の乳首とも美少女の舌と歯で愛撫してもらうと、彼は仰向けになって受け身の体勢になりながら、耶江の顔を股間へと押しやっていった。

彼女も素直に移動してゆき、大股開きになると真ん中に腹這い、可憐な顔を股間に迫らせてきた。

「おかしな形……」

熱い視線を注ぎながら耶江が言い、生まれて初めて見るペニスに、硬度や感触を確かめるように指を這わせた。

さらに陰嚢にも触れて睾丸を確認し、袋をつまんで肛門まで覗き込んだ。

勇二は、熱い無垢な視線と息を感じながら幹を上下させた。

「ね、お口で可愛がって……、でも、もう嚙まないでね……」

言うと、耶江もためらいなく舌を伸ばし、まず陰嚢を探って睾丸を転がしてから、幹の裏側を舐め上げてきた。

滑らかで無垢な舌が裏筋をたどって先端まで来ると、彼女は小指を立ててそっと幹を支え、粘液が滲んでいるのも厭《いと》わず尿道口をチロチロと舐め回してくれた。

「アア、気持ちいい……」

彼が刺激に熱く喘ぐと、耶江は張り詰めた亀頭をしゃぶり、小さな口を精一杯丸く開いてスッポリ呑み込んできた。

そして幹を丸く締め付けて吸い付き、熱い鼻息が恥毛をそよがせた。

温かく濡れた口の中ではクチュクチュと舌がからみつくように蠢き、たちまち亀頭は美少女の清らかな唾液にどっぷりと浸った。

あまりの快感にズンズンと小刻みに股間を突き上げると、

「ンン……」

耶江が喉の奥を突かれて呻き、新たな唾液がたっぷり溢れてきた。そして彼女も顔を上下させ、スポスポと摩擦してくれた。

「い、いきそう……」

勇二は高まって口走ったが、どうせ果ててもすぐ回復するのだから、このまま無垢な美少女の口に射精したい衝動に駆られた。

そして口の中で可憐な舌が左右に蠢くのを感じると、たちまち彼は昇り詰め、大きな快感に全身を貫かれてしまった。

「いく……、お願い、飲んで……」

彼は言いながらガクガクと身悶え、熱い大量のザーメンを勢いよくほとばしらせ、美少女の喉の奥を直撃してしまった。

「ク……！」

耶江が驚いたように呻いたが、なおも必死に吸引と舌の蠢きを続けてくれた。

勇二は、無垢な美少女の最も清潔な口に射精する快感に身を震わせ、快感を味わいながら最後の一滴まで出し尽くしてしまった。

「ああ……」

声を洩らして強ばりを解き、グッタリと身を投げ出すと、ようやく耶江も蠢きを止め、亀頭を含んだまま口に溜まった大量のザーメンをコクンと一息に飲み干してくれたのだった。

「あう……」

キュッと締まる口腔の刺激に呻き、彼は駄目押しの快感にピクンと幹を震わせた。

耶江は飲み干すとチュパッと軽やかな音を立てて口を離し、なおも幹を握ったまま尿道口から滲む余りの雫までペロペロと丁寧に舐め取ってくれた。

「も、もういい、有難う……」

勇二が過敏に反応し、腰をよじりながら言うと、やっと耶江も舌を引っ込めて顔を上げた。

「不味《まず》くなかった？」

「ええ……」

彼女が答えると、勇二は彼女を添い寝させ、腕枕してもらった。

そして荒い呼吸を整え、美少女の吐息を間近に嗅ぎながら、うっとりと快感の余韻を味わった。

耶江の吐息にザーメンの生臭さは残らず、さっきと同じ甘酸っぱく可愛らしい果実臭が含まれていた。

「ね、シャワー浴びたいわ……」

「うん、じゃ一緒に」

耶江が言って身を起こしたので、勇二も起きてベッドを降りた。

そして一緒にバスルームに移動すると、耶江がシャワーの湯を出してくれた。

互いの全身を洗い流すと、彼自身はすぐにもムクムクと激しく回復していった。

「ここに立って」

勇二は床に座ったまま言い、耶江を目の前に立たせた。そして由紀子に望んだのと同じく、彼女の片方の足を浮かせてバスタブのふちに乗せさせ、開いた股間に顔を埋め込んだ。

やはり洗ってしまったので、恥毛に籠もっていた濃い匂いは薄れてしまっていた。

「ね、オシッコ出して」

「え……、無理よ、そんなこと……」

股間から言うと、耶江が驚いてビクリと文字通り尻込みした。

「ほんの少しでいいから」

「だって、どうして……」

「天使みたいに可愛い子が出すところを見たいから」

勇二は執拗にせがみ、腰を抱えて割れ目を舐め回した。

「アア……、ダメ、顔にかかると汚いわ……」

「耶江ちゃんの出したものなら汚くないからね、お願いだから出してみて」

勇二はピンピンに勃起しながら言い、クリトリスを舐めると新たな蜜が溢れて舌の動きが滑らかになった。

耶江も、彼のオーラに巻き込まれるように懸命に息を詰めて下腹に力を入れた。しなければ終わらないと悟ったように必死に尿意を高めたが、なかなか出ずに膝がガクガクと震えていた。

「あう、出そう……」

ようやく耶江が息を詰めて言うと、柔肉が蠢いて、間もなく温かな流れがチョロチョロとほとばしってきた。

それを口に受け止めて味わうと、由紀子より味も匂いもやや濃く、さらに彼の興奮が増した。

「アア、離れて……」

耶江が言って腰をよじるたび、熱い流れが微妙に揺らいだ。

勇二は構わず腰を抱え込んだまま流れを飲み込み、甘美な悦びで胸を満たした。

しかし一瞬勢いが増したが、あまり溜まっていなかったのか、すぐに流れは治まってしまった。

雄司は余りの雫をすすり、残り香を感じながら割れ目を舐め回すと、

「も、もうダメ……」

耶江が言って脚を下ろし、座り込んできてしまった。

それを抱き留め、彼はもう一度シャワーの湯を浴び、身体を拭いて一緒にバスルームを出たのだった。

3

「最後までしてもいい？」

再び全裸でベッドに戻り、勇二は耶江に添い寝しながら囁くと、彼女もすっかり覚悟を決めたように頷いたのだった。

「じゃ舐めて濡らして」

言うと、耶江もすぐに顔を移動させて、完全に回復している亀頭にしゃぶり付いてくれた。

あまり太く大きいと恐いだろうから、標準の大きさに調整すると、美少女の唾液にまみれたペニスがヒクヒクと期待に震えた。

やがて充分に唾液にまみれると、彼は耶江を仰向けに横たえ、割れ目に顔を埋め込んで舌を這わせた。しかしこちらは、舐めて濡らす必要もないほど大量の愛液が溢れていたのだった。

「アア……」

耶江が喘ぎ、ヒクヒクと白い下腹を波打たせた。

もう準備も充分なので、勇二も顔を上げて股間を進めた。

年上の由紀子との初体験は女上位を望んだが、処女が相手なら、やはり正常位が良いだろう。

幹に指を添えて下向きにさせ、先端を濡れた割れ目に擦り付けながら位置を定めていった。

「いい？」

訊くと、耶江も目を閉じたまま小さくこっくりした。

勇二がグイッと股間を進めると、張り詰めた亀頭が潜り込み、処女膜を丸く押し広げながらズブズブと潜り込んでいった。

「あう……！」

耶江が眉をひそめて呻いたが、大量のヌメリに助けられて根元まで嵌《は》まり込んだ。

さすがにきつく、中は燃えるように熱かった。

勇二は生まれて初めて処女を攻略した感慨に浸りながら股間を密着させ、脚を伸ばして身を重ねていった。

すると耶江も下から両手を伸ばし、激しくしがみついてきた。

彼は肉襞の摩擦と温もり、きつい締め付けとヌメリを味わいながら幹をヒクつかせて感触を味わった。

そして僅かに引いてはズンと突き入れ、次第にリズミカルに腰を突き動かしはじめていった。

「アア……」

耶江が顔を仰け反らせて喘いだが、すぐにも大量の愛液で律動はヌラヌラと滑らかになった。

「大丈夫？」

訊くと、耶江が健気《けなげ》に小さく頷いた。彼女もまた、大学一年の暮れに、ようやく初体験した感慨に耽《ふけ》っているのだろう。

あまり長引かせることもないので、勇二は我慢せずに快感を受け止め、ジワジワと絶頂を迫らせていった。

腰を遣いながら顔を寄せ、耶江に唇を重ねて舌をからめ、生温かく清らかな唾液をすすった。さらに動きを速くすると、

「アアッ……、奥が、熱いわ……」

耶江が口を離して喘いだ。

勇二は、彼女の開いた口に鼻を押し込み、湿り気ある甘酸っぱい匂いを胸いっぱいに嗅ぎながら高まった。もう気遣いも忘れ、股間をぶつけるように激しく突き動かすと、たちまち絶頂の波が襲いかかり、彼は二度目のオルガスムスに達してしまったのだった。

「く……！」

彼は快感に呻きながら、ありったけの熱いザーメンをドクンドクンと勢いよくほとばしらせてしまった。

射精しながら、うっかりナマの中出しをしてしまったと思ったが、何とか命中しないようにオロチの気を強く込めた。年上の由紀子ならば、本人が受け入れた以上構わないだろうが、耶江とは今後気をつけないといけない。

内部に満ちる大量のザーメンで、律動はさらにヌラヌラと滑らかになってクチュクチュと淫らに湿った音を立てた。

とにかく彼は心ゆくまで快感を噛み締め、腰を動かしながら最後の一滴まで出し尽くしてしまった。

すっかり満足しながら徐々に動きを止め、耶江にもたれかかっていくと、

「ああ……」

彼女も嵐が過ぎ去ったことに安堵したか小さく声を洩らし、破瓜《はか》の痛みは麻痺したようにいつしかグッタリと身を投げ出していた。

まだ膣内は息づくような収縮が繰り返され、刺激されたペニスがヒクヒクと過敏に跳ね上がった。

そして勇二は力を抜いて顔を寄せ、美少女の喘ぐ口に鼻を押し込んで甘酸っぱい息を嗅ぎ、胸を満たしながらうっとりと快感の余韻を味わったのだった。

ようやく気が済んで身を起こし、枕元にあったティッシュを手にしてそろそろと股間を引き離した。

手早くペニスを拭《ぬぐ》いながら耶江の割れ目を覗き込むと、陰唇が痛々しくめくれ、膣口から逆流するザーメンにうっすらと血が混じっていた。

それでも出血は少量で、すでに止まっているようだ。勇二はティッシュを押し当てて、優しく拭ってやった。

「大丈夫？」
「ええ、まだ何か入っているみたい……」
気遣って言うと耶江が自身の変化を探るように答え、初体験をした感慨に耽ってい
るようだった……。

4

「どう？　あれから身体の変化は」

翌日、勇二が昼までの講義を終えて昼食を済ませたところへ由紀子からラインが入り、彼が医学部の方まで出向くと白衣の彼女が迎えて言った。

「ええ、あの不良三人に会ったのでノシちゃいました」

「まあ、やっぱり！　あの周辺を警官が聞き込みしていたもの」

勇二が答えると、由紀子は目を丸くして言った。

「だいぶひどい怪我だったようだけど、もちろん誰にも君のことは言わないから安心して。じゃ相当に強くなっているのね……」

「ええ、どんな不良も、幼児のようで恐くありませんでした」

「そう、今日は紹介したい人がいるの。スポーツ生理学の助手で、吉井真紗枝《よしいまさえ》さん。私の後輩で二十八歳、今日は彼女のスポーツテストを受けてみて」

「でも、記録に残ると大問題になるのでは？」

「大丈夫、真紗枝は絶対に秘密を守るから。私だけのプライベートな依頼ということで口外しないわ。あ、来た」

由紀子が言い、勇二の背後を見て手を振った。

振り返ると、赤いジャージ姿でポニーテールの女性が小走りに近づいてきた。肌に張りがあり、何とも健康そうな美女で、胸も尻も魅惑的な丸みを帯びていた。ここに来るまでトレーニングをしていたらしく、顔がほんのり汗ばんで、何本かの髪が額に貼り付いていていた。

彼の研ぎ澄まされた嗅覚に、甘ったるい汗の匂いが悩ましく感じられた。

「彼が、山尾勇二くんよ」

「よろしく、吉井です」

由紀子が紹介すると、真紗枝が多少失望したような眼差しで挨拶した。由紀子から特別に見てほしいと言われていたので、もっとスポーツマンらしいタイプを予想していたのだろう。

「じゃ、私は講義があるので、あとはお願いね」

由紀子が真紗枝に言い、そのまま立ち去ってしまった。

「さて、じゃ行きましょうか」

真紗枝は言って、彼を学内にあるスポーツジムに招いた。

勇二は今日の午後は暇だが、みなは午後の講義があるだろうから、中はがらんとしていた。

まず彼は身長と体重を計測され、上半身裸になって胸囲を測ってもらったが、どれも平均を下回っていた。

さらに握力計を握ったが、左右とも三十キログラム前後で女の子並みである。

いくら懸命に力を入れても、戦いの場でなければ超人の力は発揮されないのかも知れない。

「どうして由紀子さんは、あなたを紹介したのかしら」

真紗枝も、失望を深めたように言い、全く筋肉が窺えない勇二の上半身を見た。

「自分で、人より優れているところは何だと思う？」

「強《し》いて言えば、性欲だろうと思います」

「まあ……、どれぐらいの頻度で？」

勇二の生真面目な物言いに、真紗枝も怒りはせず言った。もちろん彼女はいないだろうという前提で、オナニーの回数を訊いてきたのだろう。

「日に三回ぐらいですけど、相手さえいれば無限大に出来ると思います。動きも大きさも自在になりますから」

勇二が言うと、真紗枝は一瞬見てみたい衝動に駆られたようだが、さすがに抑えて話題を変えた。

「ちょっと腕相撲してみて」

彼女が言い、小さなテーブルに肘を乗せた。

勇二も向かい合わせに屈み込み、肘を突いて彼女の手を握った。

「いい？　いくわよ……、え……？」

真紗枝は少し力を入れ、すぐ違和感に気づいたようだった。何しろ勇二の腕が微動だにしないのだ。

やはり握力計などの道具でなく、対人となるとオロチの力が発揮されるようだ。もちろん真紗枝の腕を折ってはいけないので力は入れず、腕を固定するだけにとどめた。

「ど、どうなっているの……」

真紗枝が渾身《こんしん》の力で彼の腕を倒そうとしたが、やはり動かなかった。

「何なら両手でも足でも使って下さい。危険なので、僕は動かしませんので」

「そんな、信じられない……」

言われて、真紗枝は両手を使って倒そうとして揺さぶったが、勇二は全く表情も変えず涼しい顔のままだった。

「どうして……、握力もないくせに、鉄の棒でも握っているみたい……」

「人を相手にすると、力が発揮されるようです」

勇二が言うと、真紗枝が諦めたように嘆息して力を抜き、手を離してきた。生ぬるく甘ったるい汗の匂いに混じり、ほんのり花粉のような刺激を含んだ吐息が彼の鼻腔を撫でた。

「力で敵《かな》わないなら、技で試したいわ。剣道をしたことある？」

「ええ、小学二年の時、兄に連れられて近所の道場に通ったけど半年で止めました。以来スポーツは一切していないし、体育の授業も常にクラスでビリです」

「そう、じゃ打ち方ぐらいは覚えているわね。私は大学在学中、女子剣道部の主将だったの。来て」

真紗枝が言ってジムを出ると、彼も従って武道場の方へ移動した。

「試合の遠征で誰もいないわ。ここで合う防具を着けて」

一礼して道場に入ると、彼女は更衣室に彼を招き、自分はジャージの上から防具を着けはじめた。

勇二も上着と靴下だけ脱ぎ、垂れと胴を着けると真紗枝が手拭いを渡してくれた。それを頭に巻いて合いそうな面をかぶると、女子の饐《す》えたような汗の匂いが鼻腔を刺激し、たちまち股間が熱くなってきてしまった。

さらに湿り気を残した籠手《こて》をはめて立ち上がり、一番短めの竹刀《しない》を手にして、真紗枝と一緒に道場を出た。

壁にある名札を見ると、もうOGだが真紗枝は引退後もたまに稽古を続け、四段であることが分かった。

やがて礼を交わして蹲踞《そんきょ》、切っ先を向けて対峙した。

ここでも勇二は、まるで幼児でも相手にしているような感覚になり、構わずスタスタと間合いを詰めていった。

すると真紗枝がいきなり飛び込み面。

しかし彼から見ればスローモーションだ。そっと彼女の小手《こて》を打つと、真紗枝は面を外しながらも体当たりしてきた。

「ウ……！」

彼女は呻き、ほのかな甘い匂いを残して吹っ飛び、そのまま尻餅を突いた。

「バカな！」

真紗枝は自分を叱咤するように言うなり、素早く起き上がると再び青眼《せいがん》の構えを取った。そして勢いよく踏み込むなり、小手から面への二段攻撃。

もちろん勇二は全てかわし、また軽くポンと面を打ってやった。

「あう……！」

彼が手加減していても、相当な打撃だったようで、面金の奥で真紗枝が顔をしかめて呻いた。また勢い余って体当たりすると吹っ飛ぶので、勇二は両手で彼女を抱きかかえた。

「もう止《よ》しましょう。無理です」

「く……！」

言うと、真紗枝は悔しげに唇を嚙み、それでも素直に肩の力を抜いて戦意を喪失した。腕を放して下がり、蹲踞すると彼女も従い、礼を交わして更衣室に戻った。

勇二は面籠手を外した。もちろん息一つ切らさず汗もかいていない。竹刀と防具を戻すと、真紗枝は面籠手だけ外してうなだれていた。

汗が滝のように流れ、さらに濃い匂いが漂っていた。現役の剣道部を引退以来、多少ぽっちゃりしているようで、かなりジューシーな身体つきだった。

勇二をオロチ丸とするならば、真紗枝はナメクジのツナデ姫といったところか。

「大丈夫ですか。籠手も面もそっと打っただけですが」

「ええ、でも信じられない……」

彼女は答え、ようやく防具を片付けてジャージ姿に戻ると、まだ悔しげにしながら弱そうな勇二を見つめた。

「見かけによらないわ。まるで銅像でも相手にしているようだった。それはいったいどういう力なの？」

真紗枝が、ジムでの失望の表情とは打って変わり、尊敬の眼差しで訊いてきた。

当然ながら、由紀子からはオロチの骨の話などは聞いていないのだろう。

「僕にも、よく分かりません。ある日突然、他からの攻撃に対しては超人のようになるようになったんです」

「そう……、さっき性欲が人並み外れて、動きも大きさも自在と言っていたわね。見てもいい？」

真紗枝が目をキラキラさせ、絶大な好奇心を湧き上がらせたように言った。

勇二も頷き、シャツを脱ぐと下着ごとズボンを引き下ろした。もちろん女子更衣室内に籠もる濃厚な汗の匂いと、さらに彼女から漂う新鮮な汗の匂いでペニスはピンピンに勃起していた。

「ここに寝て……」

真紗枝が言い、更衣室内にある畳を指した。バテた部員が横になるため、柔道部からもらってきたものらしい。

さすがに道場では不謹慎だが、更衣室なら淫らなことをしても構わないようだ。

勇二はすぐに全裸になって畳に横たわり、そこにあった空気枕を使うと、真紗枝は念のためドアをロックして戻ってきた。

「すごいわ。こんなに勃《た》って……」

真紗枝は彼の股間に熱い視線を注ぎながら言い、傍らに座ってきた。

「大きさが自在って、どういうこと？」

「相手の一番良い大きさに合わせられると思います」

言われて、勇二は答えながらオロチの気を込めてさらに大きくさせた。すると、平均的な大きさから外人並みのサイズに膨張し、亀頭が張り詰めて光沢を放った。

「まあ……」

真紗枝は息を呑み、恐る恐る手を這わせてきた。硬度や感触を確かめるように亀頭に触れ、幹を手のひらに包み込んでニギニギさせた。

「こんなに大きいの入れられたら、他の人と出来なくなりそう……」

彼女は言い、手を離すと手早くジャージ上下を脱ぎ、ブラとソックス、下着まで取り去って一糸まとわぬ姿になってしまった。

これだけ勃起しているのだから、いちいち断らなくても最後までして良いと判断したのだろう。

「標準に戻して欲しいわ。そして入れてから、また調整してくれる？」

「ええ、でもその前にしてみたいことが。まだあまり女性体験がないので」

「そう、いいわ、言って」

すぐにも入れそうな勢いだった真紗枝も、自分で性急すぎると思ったか、気を取り直したように答えた。

「じゃここに立って、足の裏を僕の顔に乗せて」

「まあ、そんなことされたいの？　マゾだったの？」

「マゾと言うより、フェチです。ナマの匂いが好きなので」

勇二が言うと、真紗枝もためらいなく身を起こし、彼の顔の横に立った。

あとで聞くと、彼女は過去に三人ばかりの男と付き合ったことがあるようだが、いずれもスポーツマンタイプで、勇二のような華奢《きやしや》な男は初めてらしい。

今は真紗枝に彼氏はおらず、もうしばらくは独身でいるようだった。

「いいのかしら、こんなことするの初めて……」

彼女は壁に手を突いて身体を支え、そろそろと片方の足を浮かせて言いながら、そっと足裏を勇二の顔に乗せてくれた。

大きく逞しい足裏が鼻と口に密着し、勇二はゾクゾクと興奮を高めた。

下から見上げると、さすがに脚が長く、太腿も引き締まっていた。腹筋も僅かに浮かび、肩や二の腕が逞しく、ジャージを脱ぐとポニーテールも何やら女忍者のような雰囲気になっていた。

道場の床を踏みしめる硬い踵と、柔らかな土踏まずを舐め、太くしっかりした足指の間に鼻を割り込ませると、やはりそこは生ぬるい汗と脂にジットリ湿り、蒸れた匂いが濃く沁み付いていた。

勇二は爪先にしゃぶり付き、順々に指の股にヌルッと舌を挿し入れて味わうと、

「あう、くすぐったいわ……」

真紗枝が呻き、ガクガクと膝を震わせて反応した。

やがてしゃぶりつくすと足を交代してもらい、勇二はそちらも新鮮で濃厚な味と匂

いを貪ったのだった。

「じゃ、顔を跨いでしゃがんで」

勇二は、期待と興奮に激しく勃起したペニスを震わせながらせがんだ。

5

「いいの？　シャワーを浴びなくても。今日もずいぶん動いたから匂うわ……」

「ええ、濃い方が興奮するので」

勇二が真下から答えると、真紗枝も欲望に突き動かされるように彼の顔に跨がり、和式トイレスタイルでゆっくりしゃがみ込んできた。

長い脚がM字になると、内腿と脹ら脛がムッチリと張り詰めて量感を増し、熱気と湿り気の籠もる股間が鼻先に迫った。

「アア、恥ずかしいわ……」

真紗枝が喘ぎ、割れ目をヒクつかせた。丸みのある丘の茂みは、やはり水泳などもするため手入れしているのか、ほんの僅かに煙っているだけだ。

そっと指を当てて、割れ目からはみ出した陰唇を左右に広げると、大量の蜜に濡れて息づく膣口が見え、包皮の下からは小指の先ほどもあるクリトリスがツンと突き立っていた。

腰を抱き寄せ、股間に鼻と口を埋め、柔らかな茂みに鼻を擦り付けて嗅ぐと、甘ったるい汗の匂いが蒸れて濃厚に籠もっていた。

「ああ……、そんなに嗅がないで……」

真紗枝がか細く言い、彼は真下から舌を這わせていった。

張りのある陰唇の内側に挿し入れ、膣口の襞をクチュクチュ掻き回すと、淡い酸味のヌメリが舌の動きを滑らかにさせた。

味わいながらゆっくりクリトリスまで舐め上げていくと、

「あう、いい気持ち……」

彼女が呻いてビクリと反応し、愛液の量が増してきた。

勇二は、美女の味と匂いを堪能してから、白く豊満な尻の真下に潜り込んで谷間に迫った。

するとピンクの蕾は、ややレモンの先のように突き出た感じで、何とも艶めかしい形状をしていた。

年中運動して力んでいるからだろうか、勇二は興奮を高めながら蕾に鼻を埋め、蒸れた微香を貪るように嗅いだ。そしてチロチロと舌を這わせて襞を濡らし、潜り込ませてヌルッとした粘膜を探った。

「く……、ダメよ、そんなところ……」

真紗枝が息を詰めて呻き、キュッときつく肛門で舌先を締め付けてきた。

勇二は内部で舌を蠢かせ、滑らかな粘膜を味わってから、舌を離して再び愛液が大洪水になっている割れ目に戻ってクリトリスに吸い付いた。

「も、もういいわ、今度は私が……」

彼女が言って股間を離し、仰向けの勇二のペニスに顔を移動させた。

大股開きになると真紗枝は真ん中に腹這い、まず彼の両脚を浮かせ、自分がされたように尻の谷間から舐めてくれたのである。

熱い鼻息が陰嚢をくすぐり、滑らかな舌先が肛門を舐め回し、ヌルッと潜り込んできた。

「あう……」

勇二は呻き、モグモグと味わうように美女の舌先を肛門で締め付けた。

真紗枝も舌を蠢かせてから脚を下ろし、そのまま陰嚢に舌を這わせてくれた。

股間に熱い息を籠もらせながら二つの睾丸を転がし、袋を生温かな唾液にまみれさせると、いよいよ身を進め、肉棒の裏側を舐め上げてきた。

しかもチロチロと左右に舌を動かしながら、ゆっくり裏筋を這い上がり、粘液の滲む尿道口も念入りに舐め回した。

そして張り詰めた亀頭にしゃぶり付き、スッポリと喉の奥まで呑み込み、幹を締め付けて吸い、口の中ではクチュクチュと舌が蠢いた。

「ああ、気持ちいい……」

勇二は快感に喘ぎ、美女の唾液にまみれた幹を震わせた。

「もういいかしら、入れても」

ペニスが充分に唾液に濡れると、真紗枝はスポンと口を離し、顔を上げて言った。

「ええ、跨いで上から入れて下さい」

仰向けのまま答えると、彼女もすぐに身を起こして前進し、まるでバイシクルマシンにでも乗るようにヒラリと跨がってきた。

幹に指を添えると、自分から先端に割れ目を押し付け、腰を沈ませてゆっくり彼自身を膣口に受け入れていった。張り詰めた亀頭が潜り込むと、あとはヌルヌルッと滑らかに根元まで嵌まり込んだ。

「アアッ……！　いい……」

完全に座り込んだ真紗枝が、顔を仰け反らせて喘ぎ、ピッタリ密着させた股間をグリグリ動かしてきた。

勇二も温もりと潤い、きつい締め付けと襞の摩擦を味わいながら、両手を伸ばして彼女を抱き寄せた。

すると真紗枝も、ゆっくりと身を重ねてきた。

彼は顔を上げ、潜り込むようにしてチュッと乳首に吸い付き、甘ったるい汗の匂いに包まれながら舌で転がした。

「ああ、もっと吸って……」

真紗枝は息を弾ませて言い、徐々に腰を動かしはじめた。

勇二は左右の乳首を順々に含んで舐め回し、さらに彼女の腋の下にも鼻を埋め込んで濃厚に甘ったるい汗の匂いに噎《む》せ返った。

そして彼も動きに合わせてズンズンと股間を突き上げると、

「もう少し大きくしてみて……」

真紗枝が貪欲にせがんできたので、勇二も内部でペニスを巨大化させた。

「あう、いいわ、もう少し長く……」

言うので深くまで突くと、

「アアッ……、それが一番いい……！」

真紗枝が声を上ずらせて言った。彼も先端で子宮口を刺激しながら、次第に激しく動きはじめていった。大量の愛液が溢れて動きが滑らかになり、クチュクチュと湿った摩擦音が聞こえた。

彼が下から唇を求めると、真紗枝もピッタリと重ね合わせ、長い舌をヌルリと潜り込ませてくれた。

勇二はチロチロとからみつけ、生温かな唾液に濡れて滑らかに蠢く美女の舌を舐め回し、滴る唾液をすすって喉を潤した。

「ああ、いきそうよ……」

真紗枝が唇を離して喘ぎ、熱い息を震わせた。口から吐き出される息は湿り気があり、昼食後の名残か花粉のような刺激が濃厚に鼻腔を掻き回してきた。

勇二は彼女の口に鼻を押し込み、濃い吐息を嗅いで鼻腔を刺激され、うっとりと胸を満たしながら絶頂を迫らせていった。

「い、いく……」

「いいわ、私も……」

すっかり高まった勇二が許しを得るように囁くと、真紗枝も膣内の収縮を活発にさせながら熱く答えた。

同時に、彼は肉襞の摩擦と息の匂いの中で絶頂に達し、溶けてしまいそうな快感に全身を包み込まれてしまった。

思えば四十代前半の由紀子に手ほどきを受け、次に十八歳の耶江の処女を頂き、今日はこうして二十代後半のスポーツ美女と一つになっているのだ。

オロチの力による最大の収穫は、この恵まれた女性運であろう。

「く……！」

勇二は突き上がる大きな絶頂の快感に呻き、ありったけの熱いザーメンをドクンドクンと勢いよくほとばしらせてしまった。

「あう、感じるわ、いい気持ち……、アアーッ……！」

真紗枝も続いて喘ぎ、奥深い部分に噴出を感じた途端、オルガスムスのスイッチが入ったようにガクガクと狂おしい痙攣を開始した。

膣内の締め付けと収縮も最高潮になり、勇二は心ゆくまで快感を味わい、最後の一滴まで出し尽くしていった。

満足しながら動きを弱めていくと、

「ああ……、すごいわ、こんなに良いのは初めて……」

真紗枝も声を洩らしながら硬直を解いてゆき、グッタリと遠慮なく彼に体重を預けてきた。

勇二も重みと温もりを受け止め、まだ名残惜しげな収縮を繰り返す膣内で、徐々に強ばりを解きながらヒクヒクと過敏に幹を震わせた。

そして彼女の喘ぐ口に鼻を押し付けて吐息を嗅ぎ、悩ましい花粉臭の刺激で鼻腔を満たし、うっとりと快感の余韻に浸り込んでいったのだった。

真紗枝も本当に良かったようで、いつまでも荒い息遣いを繰り返し、たまにビクッと肌を震わせて、失神したようにもたれかかっていた。

やがて呼吸が整うと、真紗枝は気を取り直したように股間を引き離し、ゴロリと横になった。

「最初は、小柄で弱々しくてガッカリしたのだけど、今は会えたことがすごく嬉しいわ。由紀子さんに感謝しないと……」

彼女は言いながら身を寄せ、顔を移動させると愛液とザーメンにまみれた亀頭にしゃぶり付いてきた。

「あう……、も、もう……」

勇二は、刺激に腰をくねらせて呻いた。

回復は超人的に早いのだが、やはり果てた直後だけは、通常と同じく敏感になっているのだった。

真紗枝もヌメリを味わっただけで身を起こし、やがて二人で一緒にシャワーを使い、身体を拭いて身繕《づくろ》いをしたのだった。

第三章　豊満な美熟女に夢中

1

「まあ、山尾さん」

勇二が帰宅しようと駅に行くと、いきなり美少女の耶江に声をかけられた。

見ると、彼女は四十前後の女性と一緒にいた。

女性は旅行カバンを持っているので、恐らく上京してくると言っていた耶江の母親であろう。

「あ、母です。この人は山尾さんといって、何かと面倒を見てくれる先輩よ」

耶江が紹介してくれ、色白で艶めかしく肉づきの良い女性が笑顔で挨拶した。

「いつもお世話になってます。加島奈保美《なほみ》です」

「よろしく、山尾勇二です。もうお帰りなのですか?」

勇二は言い、奈保美が駅に来て、耶江が見送る様子なので訊いてみた。

「ええ、さっき耶江のお部屋を見て、明日は朝からお友達と旅行へ行くので待ち合わせがあるんです。また帰りに耶江のところへ寄ろうかと」

奈保美が言う。家は静岡だが、これから東北の温泉へ仲間と行くらしい。

「じゃママ、私は約束があるから行くわ。また旅行の帰りに寄ってね」

せっかく勇二と会ったのだが、耶江は友人と会うらしく、名残惜しげにしながらもハイツの方へ引き返してしまった。

「お荷物持ちましょうか。今夜はどこへお泊まりですか?」

奈保美と二人きりになり、勇二はカバンを持ってやりながら訊いた。

すると彼女はホテルの名を言い、遠くないので一緒に行ってやることにした。

「良ければ夕食いかがですか? 明日の朝、東京駅でお友達と会うまで一人きりでつまらないので」

奈保美が言った。

耶江に用事が無ければ母娘で夕食をしたのだろうが、どちらにしろ耶江の部屋に二人で寝るのは狭いだろう。

勇二も承知し、一緒に最寄り駅へ行って電車に乗り、今夜奈保美が泊まるホテルに向かった。

ホテルに到着して奈保美がチェックインすると、勇二は部屋まで荷物を運んでやり、その後、ホテル内にあるレストランへと降りた。

差し向かいに座ってビールで乾杯し、運ばれてくる料理をつまんだ。

顔立ちは耶江に似て整い、実に巨乳で大人の色気に充ち満ちていた。あとで耶江に訊くと、まだ三十九歳ということである。

「山尾さんは、耶江とお付き合いしているんですか？」

奈保美は上品な仕草で食事しながら、ストレートに訊いてきた。

「いえ、とんでもない。そうなれば良いなと思ってはいますけれど」

「そうですか。じゃまだあの子は」

「ええ、誰とも付き合っていないはずですよ」

「まあ、奥手で困ります。私は二十歳で結婚して、翌年には耶江を生んでいるのですから」

奈保美が言い、ときにチラと値踏みするように勇二を観察してきた。彼も何かと奈保美を見ているので、視線が合うとやけに気恥ずかしかった。

「でも耶江ちゃんは可愛いから、すぐに彼氏が出来ますよ。僕が恋人になれれば嬉しいけど、何しろ僕も奥手で消極的な方だから」

「そう、でも山尾さんは優しそうで素敵な人だと思いますよ。何とかアタックしてみたら？」

「ええ、何とか頑張ってみます」

「山尾さんは、今までお付き合いした方は？」

「いません。見た通りモテないタイプですから」

勇二は答えた。三人とセックスはしたが、誰とも付き合っていないのは事実だから嘘ではない。

「では、まだ童貞？」

奈保美が身を乗り出し、小さく囁いたが、これも実にストレートな質問である。

「え、ええ……」

今度は勇二も嘘を答えた。

「まあ、何も知らない同士では困りますね……」

彼女は言い、やがて二人で食事を終えた。

「まだ早いので、良ければお部屋にいらっしゃいません？」

奈保美が二人分の勘定をしてくれ、エレベーターに向かいながら言った。

「ええ、夜景も見たいので、では少しだけ」

勇二は期待に股間を熱くさせて答え、エレベーターに乗った。

そして部屋に入り、形ばかり夜景を見たが胸は興奮でいっぱいだった。

「私が、教えてしまってもいいかしら、こんな年上だけど」

奈保美が上着を脱いで言い、勇二は願ってもない思いで向き直った。

「本当ですか。ぜひお願いしたいです」

勇二は勢い込むように答えていた。年上とはいえ、まだ四十を目前にしているだけで、初体験の相手である由紀子よりは若い。

「そう、嬉しいわ。無垢な子なんて初めてなので、急にドキドキしてきたわ」

奈保美は言い、ほろ酔いばかりでなく、実際激しく興奮を高めたように頬を上気させていた。

そして彼女は照明を落とし、

「急いでシャワー浴びるから待っていてね」

言いながらすぐにもバスルームへ行こうとするので、もちろん勇二は慌てて押しとどめた。

「あ、僕は洗ってきましたので大丈夫です。奈保美さんも、どうか今のままで」

何しろ勇二は、真紗枝としたあとシャワーを浴びていた。

すでに今日は射精しているが、オロチの力などなくても、男というものは相手さえ変われば淫気はゼロからのスタートである。

「まあ、だってゆうべ入浴したきりで、今日は上京して歩き回って相当に汗ばんでいるのよ……」

奈保美は尻込みしたが、あまりに彼の求めと勢いが激しいので、諦めたように力を抜いた。実際彼女も、勇二のオロチのオーラなどなくても、待ちきれないほど淫気が高まっているようだ。

「そんなに待てないの？　無理もないけど、汗臭くても知らないわよ」

「ええ、今のままでお願いします」

懇願すると、ようやく奈保美も自分でブラウスのボタンを外しはじめた。

安心した勇二は手早く服を脱いで全裸になり、激しく勃起しながら先にベッドに横たわった。

奈保美も気が急《せ》くように、見る見る白い熟れ肌を露わにして、脱いだものをソファーに重ねていった。

たちまち生ぬるく甘ったるい匂いがワンルームに立ち籠《こ》め、彼女もブラを外し、最後の一枚を脱ぎ去って添い寝してきた。

「アア……、会ったばかりの男性とこうなるなんて……。しかもこんなに若い子と……」

奈保美が感慨深げに、声を震わせて言った。

あとで聞くと、夫とは学生結婚で一緒になり、以来浮気はしていないらしいから、勇二が夫以外で初めての男だった。

そんな彼女がこうした気持ちになったのだから、やはりオロチのパワーに操られたのかも知れない。

勇二は甘えるように腕枕してもらい、濃厚に甘ったるい体臭に包まれながら、目の前に息づく豊かな膨らみを見た。

それは実に大きく、由紀子以上の巨乳であった。

彼は腋の下に鼻を埋め、そろそろと乳房に手を這わせた。

驚いたことに奈保美の腋の下には、淡い腋毛が煙っていたのである。

夏場ではないから手入れは怠《おこた》り、長年一緒に暮らしている夫との性生活も疎《うと》くなっているのだろう、勇二は色っぽい感触と、濃厚に籠もるミルクのように甘ったるい汗の匂いにゾクゾクと興奮を高めて鼻腔を満たした。

「ああ……、汗臭いでしょう……」

奈保美がくすぐったそうにクネクネと悶えながら、か細く言った。

勇二は美熟女の体臭を貪りながら、指先で乳首をいじり、手のひら全体で豊かな膨らみを揉みしだいた。

そして顔を移動させ、チュッと乳首に吸い付いて舌で転がすと、

「アア……！」

奈保美が熱く喘ぎ、手ほどきすると言っていながら仰向けの受け身体勢になった。

勇二も自然にのしかかる形になり、左右の乳首を交互に含んで舐め回し、顔中を膨らみに押し付けて柔らかな感触を味わった。

そのまま白く滑らかな熟れ肌を舐め降り、形良い臍を探り、張り詰めた腹部にも顔中を押し付けて弾力を堪能した。

股間の丘には黒々と艶のある恥毛が情熱的に濃く密集していたが、もちろん肝心な部分は最後に取っておき、彼は豊満な腰のラインからムッチリと量感ある太腿、脚を舐め降りていった。

脛《すね》もまばらな体毛があり、野趣溢れる魅力が感じられた。

そして足裏にも舌を這わせ、縮こまった指に鼻を割り込ませて嗅いだ。

そこはやはり汗と脂に生ぬるく湿り、蒸れた匂いが濃厚に沁み付いて悩ましく鼻腔を刺激した。

勇二は爪先にしゃぶり付き、順々に指の股に舌を挿し入れて味わい、両足とも味と匂いが薄れるほど貪り尽くしてしまった。

2

「あう、ダメよ、汚いから……」

奈保美が息を詰めて呻き、クネクネと下半身をよじらせた。

やがて勇二は彼女を大股開きにさせ、脚の内側を舐め上げ、滑らかな内腿をたどって股間に迫っていった。見ると割れ目からは興奮に濃く色づいた花びらがはみ出し、ヌラヌラと大量の愛液に潤っていた。

指を当てて陰唇を左右に広げると、かつて耶江が産まれ出てきた膣口が襞を入り組ませ、妖しく息づいていた。

ポツンとした小さな尿道口も見え、包皮の下からは程よい大きさのクリトリスも、男の亀頭をミニチュアにしたような形をしてツンと突き立っていた。

ギュッと顔を埋め込み、柔らかな茂みに鼻を擦り付けて嗅ぐと、隅々に籠もって蒸れた汗とオシッコの匂いが悩ましく鼻腔を掻き回してきた。

「いい匂い」

「あう、言わないで……」

貪るように嗅ぎながら言うと、奈保美が声を上ずらせて言い、キュッときつく内腿で彼の顔を挟み付けてきた。

勇二は豊満な腰を抱え、舌を挿し入れて淡い酸味のヌメリを掻き回し、膣口からクリトリスまで舐め上げていった。

「アアッ……！」

奈保美が内腿に力を込めて喘ぎながら、ヒクヒクと下腹を波打たせて悶えた。

彼は美熟女の味と匂いを貪ってから、奈保美の両脚を浮かせ、見事に逆ハート型をした豊満な尻の谷間に迫った。

可憐な薄桃色をした蕾《つぼみ》がひっそり閉じられ、鼻を埋めると顔中に双丘がムッチリと密着してきた。

蒸れた汗の匂いに、淡いビネガー臭も混じって鼻腔を刺激し、彼は充分に嗅いでから舌を這わせ、息づく襞を濡らした。

ヌルッと潜り込ませ、うっすらと甘苦く滑らかな粘膜を探ると、

「く……、ダメ……！」

奈保美が呻き、キュッときつく肛門で舌先を締め付けてきた。

勇二は充分に舌を蠢かせてから、ようやく脚を下ろして再び割れ目に戻り、大洪水になっている愛液をすすり、クリトリスに吸い付いていった。

「お、お願い、入れて……！」

すっかり絶頂を迫らせて高まった奈保美が哀願し、手を伸ばして彼を引っ張り上げてきた。

勇二も顔を上げて前進し、激しく勃起したペニスを彼女の股間に迫らせていった。

指を添えて先端を割れ目に擦り付け、充分にヌメリを与えてから位置を定めると、ゆっくり膣口に潜り込ませた。

たちまち急角度に反り返ったペニスは、ヌルヌルッと滑らかな肉襞の摩擦を受けながら根元まで吸い込まれていった。

「アアッ……！」

奈保美が顔を仰け反らせて喘ぎ、すぐにも果てそうな勢いで悶えながら、彼を求めて両手を回してきた。

勇二も温もりと感触を味わいながら脚を伸ばし、身を重ねていくと、胸の下で巨乳が心地よく押し潰れて弾んだ。

童貞のはずなのに、あまりにスムーズに一つになったのを怪訝《けげん》にも思わず、奈保美は深々と受け入れながら、味わうようにキュッキュッと締め付けてきた。

彼はまだ動かず、股間を押し付けて感触を味わいながら上から唇を重ねると、

「ンン……」

奈保美が熱く鼻を鳴らし、彼が挿し入れた舌にチュッと吸い付いてきた。

彼も舌をからめ、滑らかに蠢く美熟女の舌を味わい、生温かな唾液をすすった。

そして小刻みに、少しずつ腰を突き動かしはじめると、

「アアッ……、もっと強く、奥まで乱暴に突いて……！」

奈保美が口を離して熱くせがみ、下からもズンズンと股間を突き上げはじめた。

彼女の口から洩れる息は由紀子に似た白粉臭で、それにアルコールの香気と夕食の名残のオニオン臭も微かに混じり、悩ましい刺激が鼻腔を掻き回してきた。

合わせて動くうち、次第に互いの律動がリズミカルになり、溢れる愛液で滑らかに

なった。

彼もいったん動くと、あまりの快感に腰が止まらなくなってしまった。

収縮に合わせ、ペニスの太さや長さを調整し、

「あう、いい……！」

奈保美がもっとも反応したときに固定した。そして、さらに膣内を掻き回すように亀頭をグリグリと蠢かせた。

「い、いきそうよ……、すごくいい気持ち……」

彼女が声を上ずらせ、彼を乗せたままブリッジするように激しく反り返った。

膣内の収縮も活発になり、勇二も美熟女のかぐわしい口に鼻を擦り付けて唾液のヌメリと匂いを貪りながら激しく高まった。

しかし、あっという間に奈保美がオルガスムスに達してしまい、

「い、いく……、アアーッ……！」

激しく喘ぎながら、ガクガクと狂おしい痙攣を開始した。

愛液は潮を噴くように互いの股間を生温かくビショビショにさせ、彼女は何度もビクッと仰け反りながら、やがて力尽きたようにグッタリとなってしまった。

勇二は昇り詰めないまま、徐々に動きを弱めていった。

何しろまだおしゃぶりもしてもらっていないので、次で心置きなく快感を味わい尽くせば良いだろう。

完全に動きを止めると、勇二はやや強ばりを緩めていった。

しかし、奈保美は荒い息遣いを繰り返して余韻に浸っていたと思っていたが、何とも驚くことを口にしたのである。

「お願い、お尻にも入れてみて……」

「え？　大丈夫かな……」

彼女の言葉に戸惑いながらも、勇二は新たな好奇心を湧かせた。

どうやら奈保美にとってアナルセックスは以前からの秘めた願望らしく、しかし夫には言えず、この機会に前も後ろも両方で快感を味わいたくなったようだ。

やがて彼は身を起こし、奈保美の両脚を浮かせて、ゆっくりと膣口からペニスを引き抜いた。

見ると尻の蕾は、割れ目から滴る愛液にヌメヌメと潤っていた。

勇二は愛液にまみれた先端を肛門に押し当て、

「いいですか……」

呼吸を計りながら、ズブズブと挿入した。

太さを調整しているしヌメリも充分なので、すぐにも可憐な蕾が丸く押し広がり、張り詰めた亀頭が潜り込んでいった。

「あう……、変な感じ……」

奈保美が浮かせた脚を震わせて呻き、完全に根元まで受け入れてしまった。

勇二も、膣内と異なる感触を味わい、美熟女の肉体に残った最後の処女の部分を堪能した。

入り口はさすがにきついが内部は意外に広く、思っていたほどのベタつきもなく、むしろ滑らかな感触であった。

「つ、突いて……」

彼女が言い、モグモグと締め付けてきた。

勇二が様子を見ながら小刻みに腰を前後させると、彼女も締め付けの緩急に慣れてきたように、すぐにも動きが滑らかになった。

すると、先ほど果てそびれた快感が急激に押し寄せ、いつしか勇二も気遣いを忘れて股間をぶつけるように動きはじめてしまった。

深く突き入れると、股間に豊満な尻の丸みが当たって弾み、締め付けや摩擦と共に彼は大きな快感に高まっていった。

奈保美も膣感覚のオルガスムスを得たばかりだし、アナルセックスで達するとも思えないので、そう長引かせることもないだろう。

だから勇二も我慢することなく、遠慮せずに律動して、たちまち昇り詰めてしまったのだった。

「い、いく……！」

彼が快感に呻きながら、熱い大量のザーメンをドクンドクンと直腸内にほとばしらせると、

「あ、熱いわ、アアーッ……！」

奈保美は口走り、いつしか自ら乳首をつまみ、クリトリスを擦りながら再びガクガクと貪欲に絶頂の痙攣を起こしてしまったのである。

勇二は初めての感覚で快感を味わい、最後の一滴まで出し尽くすと、中に満ちるザーメンで、さらに動きがヌラヌラと滑らかになった。

やがて満足しながら動きを弱めると、

「ああ……、良かったわ……」

奈保美も乳首とクリトリスから指を離し、前後の穴ですっかり快感を味わったか、グッタリと身を投げ出して喘いだ。

勇二が身を起こすと、引き抜くまでもなくヌメリと肛門の内圧でペニスが押し出され、ツルッと抜け落ちた。

まるで美女に排泄されたような興奮を覚えながら見ると、開いて一瞬粘膜を覗かせた肛門も、徐々につぼまって元の可憐な形に戻っていった。

ペニスに汚れの付着はなく、奈保美の割れ目と肛門も満足げに息づいていた。

3

「さあ、オシッコしなさい。中も洗い流した方がいいわ」

バスルームで、奈保美が言った。

ワンルームタイプだからバスルームも狭く、洗い場はなく便器と洗面台があるので二人でバスタブの中に入ってシャワーを浴び、彼女が甲斐甲斐しくペニスを洗ってくれたのだ。

勇二も息を詰めて尿意を高めると、やがて立ったまま、ようやくチョロチョロと放尿することが出来た。

「ああ、温かいわ……」

奈保美は座ったまま流れを巨乳に受けながら喘いだ。どうやら、まだ淫気がくすぶっているようで、彼にとって願ってもないことだった。

出し終えると、彼女がもう一度シャワーの湯でペニスを洗ってくれ、最後に消毒するようにチロッと尿道口を舐めてくれた。

「あう……、ね、奈保美さんもオシッコしてみて」

勇二は言って座り込み、目の前に彼女を立たせた。

「ここに足を乗せて」

「そんな、前から見られていたら出ないわ……」

言うとモジモジしながらも奈保美は、言われた通り両足をバスタブの左右のふちに乗せ、壁の手すりに摑《つか》まりながら彼の目の前で脚をM字にさせてくれた。

湯に濡れた茂みに鼻を埋めると、濃厚だった匂いはすっかり薄れてしまったが、それでも舐めると新たな愛液が湧き出して舌がヌラヌラと滑らかに動いた。

奥を舐め回すと柔肉が蠢き、迫り出すように盛り上がって味わいと温もりが変化してきた。

「アア、ダメよ、出そうだから離れて……、あう……」

たちまち、チョロチョロと熱い流れがほとばしり、彼は口に受け止めた。

味も匂いも実に淡く、飲み込んでも抵抗はなかった。勢いが増すと口から溢れた分が胸から腹に伝い流れ、すっかりピンピンに回復したペニスが温かく浸された。

ピークを過ぎると急に勢いが衰え、やがて放尿は終わってしまった。

ポタポタと滴る雫に愛液が混じり、すぐにもツツーッと糸を引くようになり、彼は舌を這わせて余りをすすった。

「も、もうダメ……」

彼女が言って脚を下ろし、バスタブの中に座り込んでもう一度シャワーを浴びた。

そして二人で身体を拭き、全裸のままベッドに戻っていった。

今度は勇二が仰向けになると、奈保美が彼の股間に屈み込み、両脚を浮かせて尻の谷間を舐めてくれた。

熱い息を股間に籠もらせ、舌先でチロチロと肛門を舐め、自分がされたようにヌルッと浅く潜り込ませてきた。

「く……、気持ちいい……」

勇二は快感に呻き、美熟女の舌先を肛門で締め付けて味わった。

奈保美が中で舌を動かせると、勃起したペニスが内部から刺激されてヒクヒクと震えた。

やがて脚を下ろし、彼女は陰嚢にしゃぶり付いて唾液にまみれさせてくれた。

せがむように幹を上下させると、ようやく奈保美も肉棒の裏側を舐め上げてきた。

粘液の滲む尿道口を探り、そのまま丸く開いた口でスッポリと根元まで呑み込んでいった。

「ああ……」

勇二は美女の口に深々と含まれて喘ぎ、中で幹を震わせた。

「ンン……」

奈保美も熱く鼻を鳴らして吸い付き、熱い鼻息で恥毛をくすぐりながら、口の中でクチュクチュと念入りに舌をからめてくれた。

さらにスポンと口を離すと、巨乳をペニスに押し付けて谷間に挟み、両側から揉んでくれた。

「き、気持ちいい……」

勇二は、肌の温もりと膨らみの感触に包まれて喘いだ。

「入れてもいいかしら。それともお口に出したい？」

「ま、跨いで上から入れて下さい……」

「ええ、私もその方が嬉しいわ」

彼が言うと奈保美は答え、身を起こして前進してきた。あまりに久々のセックスなので、彼女はもう一度絶頂を味わいたいのだろう。

勇二の股間に跨がった奈保美は、先端に割れ目を押し付け、腰を沈めてゆっくり膣口に受け入れていった。

「アア……、いいわ……」

ヌルヌルッと滑らかに根元まで入れると、奈保美が顔を仰け反らせて喘ぎ、完全に座り込んできた。

勇二も股間に重みと温もりを受け、締め付けと摩擦を味わいながら快感を高めた。もちろんアナルセックスのときよりもペニスを太くさせ、先端が子宮口に達するほど長くしていた。

奈保美は密着した股間をグリグリ擦り付けていたが、上体を起こしていられなくなったように身を重ねてきたので、彼も両手で抱き留め、僅かに両膝を立てて豊満な尻を支えた。

「ああ、やはり前に入れる方がいいわ……」

彼女が熱く喘ぎ、それは勇二も同じ気持ちだった。

ズンズンと小刻みに股間を突き上げると、

「あう、いい気持ち……」

奈保美も合わせて腰を遣いながら口走った。

「唾《つば》を垂らして……」

「飲みたいの？　出るかしら……」

下からせがむと、奈保美は答え、喘ぎ続けて乾いた口中に懸命に唾液を分泌させてくれた。そして形良い唇をすぼめて顔を寄せると、白っぽく小泡の多い唾液をトロリと吐き出した。

それを舌に受けて味わい、飲み込むと甘美な悦びが胸に広がった。

「顔中もヌルヌルにして……」

さらに言うと、奈保美は腰を動かしながら舌を這わせ、彼の鼻の穴から鼻筋、頬から瞼《まぶた》まで生温かな唾液でヌルヌルにまみれさせてくれた。

「ああ、いきそう……」

「いいわ、いつでもいって」

勇二が高まって言うと、奈保美もようやく年上女性としての手ほどきを思い出したように優しく言ってくれた。

「ね、下の歯を僕の鼻の下に引っかけて」

「こう……？」

言うと奈保美もしてくれ、彼の鼻が美熟女のかぐわしい口に覆われた。

白粉臭の吐息に微かなオニオン臭、それに唇で乾いた唾液の香りに、下の歯の裏側の淡いプラーク臭も混じり、悩ましく鼻腔を刺激してきた。

「ああ、いい匂い……」

嗅ぎながら言って股間を突き上げると、奈保美も羞恥に息を弾ませ、惜しみなく口の匂いを嗅がせてくれた。

互いに股間をぶつけるように動くうち、ピチャクチャと湿った摩擦音が響き、溢れる愛液が彼の肛門の方にまで伝い流れてきた。

「い、いく……！」

とうとう勇二も絶頂の快感に貫かれて口走り、ありったけの熱いザーメンをドクンドクンと勢いよくほとばしらせてしまった。

「か、感じる……、アアーッ……！」

噴出を受け止めると同時に奈保美も喘ぎ、ガクガクと狂おしいオルガスムスの痙攣を開始した。

彼は悩ましい匂いの渦の中で快感を味わい、収縮する膣内に心置きなく最後の一滴まで射精したのだった。

満足しながら徐々に突き上げを弱めていくと、

「ああ……、すごかったわ……」

彼女も声を洩らし、グッタリと熟れ肌の強ばりを解いて彼にもたれかかってきた。

何しろ正常位で果て、アナルセックスとクリトリスの刺激で昇り詰め、女上位でいくのは三度目なのである。

勇二も彼女の重みを受け止めながら、まだ息づく膣内でヒクヒクと過敏に幹を跳ね上げた。

「も、もう堪忍……」

奈保美もすっかり敏感になったように言い、きつく締め上げてきた。

勇二は彼女の湿り気ある熱い吐息を嗅ぎ、濃厚な白粉臭の刺激で胸を満たしながらうっとりと快感の余韻を味わったのだった……。

4

「おい、君。ちょっと来てくれ」

勇二が学内を歩いていると、三十歳前後の柔道着の男に声をかけられた。

「何ですか。准教授に呼ばれて急ぐんですが」

「少しでいい。俺は柔道部コーチの川津《かわづ》だ。実は吉井くんとの剣道を見ていた」

ズングリの川津が言い、勇二を武道場へ連れて行った。まだ昼過ぎなので、道場はがらんとしていた。

「そうでしたか、僕は二年の山尾です」

「あの吉井くんが子供扱いされているのを見て驚いた。もしかして得意なのは剣道だけじゃないのかと思い、勝負してみたいんだ」

川津が言う。

どうやら勇二の型にはまらぬ剣道を見た彼は、野性の勘でも働いて戦いたくなったのだろう。

もちろん川津も稽古の最中だったから、彼と真紗枝の剣道を見ただけで立ち去り、そのあと更衣室にしけ込んだことまでは知らないようだ。

そして、どうも川津は真紗枝に熱い思いを寄せているのかも知れない。

ズングリで、見るからにガマガエルのような印象である。勇二がオロチ丸、真紗枝がツナデ姫なら、川津は児雷也《じらいや》というところか。

まるで三すくみである。

「どうだ。少しでいい。乱取りしてくれ」

「もし僕が勝っても、柔道部に勧誘したりせず、二度と関わらないと約束してくれるなら構いません」

勇二が答えると、川津が太い眉を吊り上げた。

「勝てるつもりでいるのか。いいだろう。道着を着てくれ」

川津が闘志を燃やし、勇二を更衣室に招いた。

全裸になるのも面倒だし、すぐ済むだろうから、勇二は上着と靴下だけ脱ぎ、男の匂いの沁み付いていない新品の柔道着を出してもらい、上衣だけシャツの上から羽織って白帯を締めた。

黒帯の川津は、コーチだから四段か五段を持っているだろう。

道場に出ると、川津が対峙した。

「受け身は出来るんだろうな」

「ええ、高校の柔道の授業で習いましたから」

「いいだろう。では」

川津が言うと礼を交わし、互いに間合いを詰めていった。

体重差があるから組み手争いなどせず、すぐにも川津が両手を伸ばし、勇二の襟《えり》と袖《そで》を握り、互いに右自然体に組んだ。

その瞬間、勇二は身をひねって川津を投げ飛ばしていた。あとで思えば、両手だけで相手のバランスを崩す、空気投げである。

「う……！」

見事に一回転した川津が、激しい受け身の音を立てながら呻いた。

「もういいですか」

「も、もう一本だ……！」

言うと、さすがに川津は素早く身を起こして声を張り上げ、再び向かってきた。

今度は慎重に組み手をして、手加減なく得意技に持っていこうとしているようだ。

しかし、結果は同じ。川津が技を繰り出そうとする前に、勇二の怪力による空気投げで再び宙に舞わされていた。

百キロ近い巨体が、激しく畳に叩きつけられ、大きな受け身の音が響いた。

「く、くそ……！」

川津は呻き、すぐには立てず上体を起こすのがやっとだった。

「じゃ、男の約束ですので、もう僕に関わらないで下さいね」

勇二は言って礼をし、帯を解いて道着を返すと、靴下を履き、上着を着て道場を出ていった。

振り返ると、川津は呆然として座り込んだままだった。

とにかく勇二は、医学部の棟へ行き、由紀子の部屋を訪ねた。

「遅くなりました」

「ええ、真紗枝から報告があったわ。ずいぶん驚いてた」

今日も白衣姿の由紀子が、私室に呼んで言った。そこは研究室の奥にある小部屋でソファーと冷蔵庫、バストイレもある。

「なんか彼女は、最初は僕を見てずいぶんガッカリしていたみたいなんですけどね」

勇二が言うと、由紀子はメガネを押し上げ、真紗枝の出したデータに目を通しながら答えた。

「そうね、身長体重胸囲、握力も女の子並みだったから。でも腕相撲と剣道で負けて度肝を抜かれたみたい。本当に勝ったの？　彼女はインターハイでも優勝経験があったのに」

「ええ、戦いの場では、向かってくる相手の動きがスローモーションのようにゆっくり見えますので」

勇二は言ったが、どうやら真紗枝は、さすがにそのあとのセックスのことまでは言わなかったようだ。

「それに今は、柔道部の川津というコーチと柔道をして難なく勝ちました」

「そうなの？　川津圭助《けいすけ》は、真紗枝に片思いしてずいぶん迫っているけど嫌われているのよ」

「やっぱり、そんな感じでした」

勇二は、苦笑しながら答えた。

「あいつにまで勝ったなんて、すごいものなのね。ヤマタノオロチの力は……」

「ええ、感謝の気持ちでいっぱいです」

勇二は言ったが、もちろん由紀子以外の女性と交渉を持ったことは言わなかった。

「もし骨が大量に残っていたと思うと、残念な気もするわね」

「ええ、戦時中だったら無敵の兵隊が多く出来て、歴史が変わったことでしょうね」

「そうね、でももう残っていないわ。歴史上の記録にも無敵な超人のことは残っていないから、飲んだのは祖父とあなただけかも。ね、脱いでみて」

由紀子に言われ、勇二は立ち上がって上着とシャツを脱ぎ、上半身裸になった。

すると由紀子が、彼の肩や胸に触れてきた。

「華奢で柔らかいわ。これが本当に刃物も通さないなんて……」

「試してみてもいいですよ」

「そうはいかないわ、恐いから」

「攻撃を受けると、瞬時に皮膚が硬質化するようです。まるで薄い頑丈なバリヤーでも現れたように」

「ふうん、不思議だわ……。あなたのザーメンを飲んだり膣から吸収しても、私の方には何の変化もないの」

由紀子は言い、そんな話題に勇二はムクムクと激しく勃起してきた。

すると淫気が伝わったように彼女が立ち上がり、ドアを内側からロックして戻り、ソファーの背もたれを倒した。

どうやら仮眠用の、ソファーベッドだったようだ。

「全部脱いで寝て」

言うなり、自分も白衣と服を脱ぎはじめた。

勇二は先に全裸になって横たわり、由紀子も見る見る白い熟れ肌を露わにし、室内に生ぬるく甘ったるい匂いを立ち籠めさせた。

「あ、裸の上から白衣だけ着て下さい。メガネも」

言うと、全裸になった由紀子が白衣を羽織ってくれた。

「白衣とメガネ好きなの？」

「ええ、童貞のとき、最初に診察室で見てもらったときの印象が強いので」

勇二が答えると、由紀子は前の開いた白衣にメガネ姿で迫ってきた。

「どうされたい？」

「足の指を嗅ぎたい」

「まあ、普通キスから求めるでしょうに……」

勇二がせがむと、由紀子は呆れたように言いながらも、立ち上がって彼の顔の横に来てくれた。

「こう？　蒸れてて恥ずかしいわ……」

由紀子は声を震わせ、壁に手を突いて身体を支えると、そっと片方の足を浮かせて彼の顔に足裏を乗せてくれた。

感触を味わいながら見上げると、白衣の裾《すそ》からスラリとした脚がこちらに伸び、股間の翳《かげ》りも覗き、開いた胸元からは巨乳がはみ出していた。さらに上から、知的なメガネ美女がこちらを熱っぽく見下ろしている。

勇二のザーメンを吸収しても肉体に変わりはないと言っていたが、どうやら彼への執着は強くなっているようだった。

勇二は彼女の足裏を舐め、指の間に鼻を割り込ませて嗅いだ。

やはりそこは汗と脂に生ぬるくジットリ湿り、前回より濃くムレムレになった匂いが悩ましく鼻腔を刺激してきた。

「いい匂い」

「うそ……、アア……」

勇二が嗅ぎながら言い、そのまま爪先にしゃぶり付くと由紀子が喘いだ。

彼は指の股を順々に舌で探り、足を交代してもらい、そちらの味と匂いも薄れるまで貪り尽くした。

そして彼女の足首を摑んで顔を跨がせ、

「しゃがんで」

真下から言うと、由紀子も和式トイレスタイルでゆっくりしゃがみ込んでくれた。

M字になった脚がムッチリと張り詰めて量感を増し、丸みを帯びた割れ目が鼻先に迫ってきた。

はみ出した陰唇は、すでにヌメヌメとした愛液に潤い、彼の顔中を熱気と湿り気が包み込んできた。

勇二は腰を抱き寄せ、柔らかな茂みに鼻を擦り付けて嗅いだ。

隅々には汗とオシッコの匂いが蒸れて濃く籠もり、彼の鼻腔を掻き回した。

勇二は美熟女の匂いに噎せ返りながら胸を満たし、舌を挿し入れて淡い酸味のヌメリを探った。そして膣口から滑らかな柔肉をたどり、味わいながらツンと突き立ったクリトリスまで舐め上げていった。

5

「アアッ……、い、いい気持ち……」

由紀子がガクガクと膝を震わせて喘ぎ、新たな愛液を漏らしてきた。

勇二も執拗にクリトリスを舐め回し、美熟女の味と匂いを貪ってから、さらに白く豊満な尻の真下に潜り込んでいった。

ひんやりする双丘を顔中に受け止めながら、谷間の蕾に鼻を埋めて嗅ぐと、ここも悩ましく蒸れた匂いが籠もっていた。

淡いビネガー臭を充分に嗅いでから蕾を舐めて濡らし、ヌルッと潜り込ませて甘苦く滑らかな粘膜を探ると、

「あう……！」

由紀子が呻き、キュッと肛門できつく舌先を締め付けてきた。

内部で舌を蠢かせ、濡らしてから舌を引き抜くと、勇二は左手の人差し指を肛門に浅く潜り込ませ、右手の二本の指も濡れた膣口に押し込んだ。さらに再びクリトリスに吸い付くと、

「ああ……、ダメ、感じすぎるわ……」

敏感な三カ所を愛撫された由紀子が、ヒクヒクと下腹を波打たせて喘いだ。

それぞれの穴の中で指を蠢かせると、彼女は感じるたびキュッと締め付け、粗相したほど大量の愛液を滴らせてきた。

「も、もうダメよ、いきそう……！」

絶頂を迫らせた由紀子が言うなり、ビクッと股間を引き離してしまった。

勇二が前後の穴から指を引き抜くと、膣内にあった二本の指の股は膜が張ったように愛液にまみれていた。湯気の立つ指先は湯上がりのようにシワになり、攪拌《かくはん》されて白っぽく濁った粘液に濡れていた。

肛門に入っていた指に汚れの付着はなく、爪にも曇りはないが微香が感じられた。

由紀子は息も絶えだえになって移動し、彼の股間に屈み込んで亀頭にしゃぶり付い

てきた。

「ンン……」

彼女は熱く鼻を鳴らし、執拗に舌をからめて吸い付き、貪るように顔を上下させスポスポと強烈な摩擦を繰り返した。

勇二も股間に熱い息を受けながら、唾液にまみれたペニスをヒクヒクと快感に震わせ、ジワジワと高まっていった。さらに下からもズンズンと股間を突き上げると、先端がヌルッとした喉の奥に触れ、大量の唾液が溢れてきた。

「い、いきそう……」

彼が口走ると、すぐにも由紀子はスポンと口を引き離し、自分から前進して跨がってきた。

先端に濡れた割れ目を押し付け、腰を沈めてゆっくり受け入れると、たちまち屹立したペニスはヌルヌルッと滑らかに根元まで嵌まり込んでいった。

「アアッ……！」

由紀子は完全に座り込むと、顔を仰け反らせて熱く喘いだ。

そして味わうようにキュッキュッと締め付け、密着した股間を擦り付けてから、やがて身を重ねてきた。

勇二も肉襞の摩擦と温もり、締まりの良さとヌメリを感じながら両手を回して抱き留めた。

僅かに両膝を立てて豊満な尻を支え、乱れた白衣に潜り込むようにして、チュッと乳首に吸い付いた。そして舌で転がしながら、顔中を巨乳に押し付けて柔らかな感触を味わった。

左右の乳首を含んで舐めていると、待ちきれないように由紀子が腰を遣いはじめ、滑らかな摩擦でペニスを刺激してきた。

勇二も両の乳首を味わいながら股間を突き上げ、さらに白衣に潜り込んで腋の下にも鼻を埋め、甘ったるい濃厚な汗の匂いを貪った。

「アア……、いい気持ちよ、すごく……」

由紀子が口走り、互いの動きがリズミカルになると、ピチャクチャと淫らに湿った摩擦音が響き、溢れる愛液で彼の陰嚢から肛門まで生温かくまみれた。

下から顔を引き寄せて唇を重ねると、ほんのりと口紅と化粧の香りがした。

「ンン……」

彼女が熱く鼻を鳴らし、ネットリと舌をからみつけ、勇二も滴る唾液をすすり、息の湿り気で鼻腔を満たした。

なおも股間を突き上げ、由紀子が最も反応の良い大きさにペニスを調整し、亀頭を回転させるように蠢かせると、

「あう、ダメ、いきそう……！」

由紀子が淫らに唾液の糸を引いて口を離し、切羽詰まった声で呻いた。

口から洩れる熱い息は湿り気を含み、いつもの白粉臭に昼食の名残か、淡いガーリック臭も混じって鼻腔を刺激してきた。

その濃厚さに勇二の快感が激しく増した。やはり美しい顔立ちと刺激臭のギャップに萌《も》え、いかにもリアルな生身の感覚に興奮と悦びが湧いた。

「ね、唾を垂らして……」

囁くと、由紀子も懸命に分泌させ、形良い唇からトロトロと白っぽく小泡の多い唾液を吐き出してくれた。

それを舌に受けて味わい、うっとりと喉を潤すと甘美な悦びが胸に広がった。

「顔にも強く吐きかけて」

「そんなことされたいの……？」

さらにせがむと、由紀子は息を弾ませて言いながらも唇をすぼめ、ペッと彼の顔に吐きかけてくれた。

みを流れた。

「ああ、気持ちいい……」

勇二は顔中にかぐわしい吐息と、生温かな唾液を受けて喘いだ。

小泡の多い唾液の固まりが鼻筋を濡らし、ほのかな匂いを漂わせてトロリと頬の丸みを流れた。

すると由紀子が、彼の顔を濡らした唾液を拭うように舌を這わせた。

勇二も顔を移動させ、顔中ヌラヌラと美女の唾液にまみれながら、股間の突き上げを強めていった。

「いきそう……」

すっかり絶頂を迫らせた勇二は言い、唾液と吐息の匂いに高まった。

「いいわ、私も……」

「ね、下の歯を、僕の鼻の下に引っかけて」

言うと、由紀子も興奮にためらいなく、下の歯を彼の鼻の下に当て、鼻全体をかぐわしい口で覆ってくれた。この体勢だと、彼のすぐ目の前に美女の艶めかしい鼻の穴が見えた。

しかもメガネのフレームが頬に当たり、その感触も興奮をそそった。

勇二は由紀子の悩ましい口の匂いを胸いっぱいに嗅ぎ、うっとりと酔いしれた。

美女が吸い込み、要らなくなって吐き出す空気を与えられただけで大きな悦びが感じられ、彼は激しく股間を突き上げ、そのまま昇り詰めてしまった。

「く……！」

大きな絶頂の快感に全身を包まれ、彼は熱く呻いた。

同時に、ありったけの熱いザーメンがドクンドクンと勢いよく内部にほとばしり、奥深い部分を直撃した。

「あう、いっちゃう……、アアーッ……！」

噴出を感じた途端、由紀子もオルガスムスのスイッチが入って声を上ずらせ、ガクガクと狂おしい痙攣を開始した。

勇二は美熟女の湿り気ある口の匂いに包まれながら快感を噛み締め、滑らかな肉襞の摩擦と締め付けの中で、心置きなく最後の一滴まで出し尽くした。

すっかり満足しながら徐々に突き上げを弱めていくと、

「ああ……、すごいわ……」

由紀子も声を洩らし、熟れ肌の硬直を解きながらグッタリと力を抜き、遠慮なく彼に体重を預けてきた。

勇二は重みと温もりを受け止め、まだ名残惜しげにキュッキュッと収縮する膣内に刺激され、ヒクヒクと過敏に幹を震わせた。そして由紀子の熱い吐息を嗅ぎながら、うっとりと快感の余韻に浸り込んでいったのだった。

「も、もう動かないで……」

彼女も顔を離し、敏感になったように声を絞り出した。

勇二は完全に動きを止め、膣内のペニスを萎えさせながら身を投げ出していった。

「前の時より、もっと良かったわ……」

由紀子が息を震わせて言う。

やはり神聖な学内という禁断の緊張もあるだろうが、初回の快感の思いがあるから期待も大きかったのだろう。

やがて由紀子が呼吸も整わぬまま、そろそろと身を起こしてティッシュを取り、股間を引き離して割れ目を拭いた。そして屈み込み、愛液とザーメンにまみれた亀頭にしゃぶり付き、念入りに舌で清めてくれたのだ。

「あう……、も、もういいです……」

勇二は腰をよじらせ、降参するように呻いて言った。

「シャワー使って。顔中、私の唾でヌルヌルよ」

「ええ、でも由紀子さんの匂いを感じながら帰ります」

「バカね……」

彼女は言ってベッドを降り、白衣を脱いで先にシャワールームに入っていった。

勇二も身を起こすと、ベッドの背もたれを起こしてソファーに戻してから手早く身繕いをした。

やはり由紀子は、自分にとって最初の女性なので思い入れも大きく、この次は何をしてみようか、してもらおうかと思うだけで、またすぐにもムクムクと回復しそうになるのを懸命に抑えたのだった。

第四章　美人医大生の好奇心

1

「ちょっと、いいですか。山尾くんね？　私は三年の大橋沙也香《おおはしさやか》」

医学部の建物を出ようとしたところで、いきなり勇二は白衣の医大生に声をかけられた。

見ると、由紀子に良く似たメガネに長い黒髪の清楚な美女ではないか。

勇二は、たったいま由紀子と研究室でしたばかりなのに、すぐにも股間が熱くなってしまった。

「はい、何でしょう」

彼は訊き、レンズの奥の切れ長の眼差しを見た。

「私は小野由紀子先生の研究室でお世話になっていて、それから高校時代は加島耶江の先輩になるの」

「そうですか。それで僕に何か？」

「耶江に、好きな人が出来たと相談されて君を探していたのだけど、由紀子先生の研究室にも出入りしているし、さっきもドアが施錠されているところから君が出てきたので、文学部の人が何の用事か気になって」

「ああ、由紀子先生に訊けばいいのに」

「恐くて訊けないわ。いつも厳しい人だから」

沙也香が言う。

高校時代は図書委員といった真面目なガリ勉タイプという感じで、あるいは由紀子に憧れている節があり、それで似た雰囲気になっているのかも知れない。

「普通に知り合いなので、雑談していただけですけど」

「そう、まさか耶江とも由紀子先生とも関係を持っているのでは？」

沙也香は表情も変えず言った。だいぶ勘が良く、じっと彼を観察するような冷徹な眼差しが魅惑的だった。

「それは考えすぎだと思いますが」

「でも、詳しい話を訊きたいのだけど、もう今日の講義はない？」

「ええ、空いてますけど」

「じゃ、一緒に来て」

沙也香は言い、そのまま先を歩いて大学を出ると、白衣を脱いで小脇に抱えた。

勇二も従い、妖しい期待に胸を高鳴らせた。

彼もすっかり勘が良くなり、相手の緊張や淫気が、ほのかな匂いのように感じ取れるようになっているのだ。

すると沙也香は、喫茶店とかではなく、大学から歩いてすぐのコーポに彼を招き入れたのだ。どうやら、こんなに近くに住んでいるらしい。

一階の部屋に入ると、２ＤＫで夥《おびただ》しい本がまず目に入った。招かれるまま上がると寝室やリビングにも本が溢れ、大部分は医学関係だが、それ以外に文学も少なくなかった。

もちろん勇二は、室内に籠もる甘ったるい体臭を感じて股間が疼いた。

「どうしていきなりお部屋へ？」

「他の人に聞かれたくないので」

沙也香が答え、白衣を掛け、彼を椅子に座らせて自分はベッドに腰を下ろした。

「彼氏はいないんですか？」

「いないわ。ここに男性が入ったのは初めて」

二十一歳になったばかりという彼女が言った。

「実は私、高校時代は耶江を可愛がって、何度か悪戯《いたずら》でキスしたこともあったの」

「え……」

ではは勇二が耶江としたのは、あくまで異性とのファーストキスだったようだ。

「それ以上の関係になりたかったけど、どうしても気が引けて何も出来ず、大学に入ると大人の由紀子先生に強く憧れるようになったの」

沙也香が言い、どうやらレズっぽいタイプだったようだ。

「そして、私の好きな耶江と由紀子先生の両方に、君の存在が目立ちはじめたので……」

心が乱れはじめているらしい。

「もしかして、まだ沙也香さんは処女？」

「ええ、もっともバイブの挿入ならしているけど」

沙也香が、無表情に大胆なことを言った。しかし声にも息遣いにも乱れはないが、内心は相当に緊張と興奮が湧いているように、室内に籠もる匂いに、彼女から発する新鮮な体臭が感じられた。

「それに……、臨床や解剖などで男性器は知っているけど、生身はまだ体験がないので……」

要するに、男性器への激しい好奇心があり、それなら好きな二人の女性と関わりのある勇二で体験したいというのだろう。

「耶江と、したのね？　あるいは由紀子先生とも。それなら私にもどうか」

「ずいぶんストレートですね」

「男性は、どんな女にも欲情すると思うけど、私はそそらない？」

沙也香が熱っぽく彼を見て言う。要するに、医学を目指して二十一歳にもなり、そろそろレズは卒業して男性体験を試してみたい、そういうことなのだろう。

「もちろんそそります」

「じゃお願い。でも始める前に、身体を観察させて」

「いいでしょう。じゃ脱ぐので沙也香さんも脱いで下さいね。でも裸の上から白衣を着て、メガネもそのままに」

「いいわ、由紀子先生にもそうさせているの？」

本当に勘が良いようで、あるいはあらゆるアブノーマルな文献にも精通しているのかも知れない。

それには答えず、勇二が立ち上がって脱ぎはじめると、それを見て、沙也香もブラウスのボタンを外しはじめた。

先に全裸になって横になると、やはり枕には濃厚に彼女の匂いが沁み付いていた。

このベッドで、処女の沙也香は同性やら異性やらを思いながら、バイブでオナニーしているのだろう。

背を向けて脱いでいた沙也香が最後の一枚を脱ぎ去り、白く滑らかな背中と意外に豊満な尻が見えると、すぐに彼女はかけられた白衣を羽織って向き直った。

きっちりボタンもはめてしまったので、乳房は見えないが、これも豊かな膨らみが窺えた。

すると、すぐにも彼女は勇二の股間に屈み込み、熱い視線を注いできた。

彼も驚かせるように最大限に勃起させ、ビール瓶ほどもあるペニスをヒクヒクと震わせた。

「こ、こんなに大きいなんて……、ネットで見た外人よりすごい……。これが耶江や由紀子先生に入るの……？」

沙也香が目を見開いて息を呑み、彼は張り詰めて光沢を放つ亀頭に彼女の生温かな吐息を感じた。

「今は一番大きくしています。加減すれば自在になり、バイブはこれぐらいの大きさでしょうか」

勇二が言って強ばりを調整すると、また沙也香は嘆息した。

「大きさが自由になるなんて、この体質に由紀子先生が興味を持ったのね……」

沙也香が言う。勘が良いというより、抜群に頭が良いようだった。

やがて彼女が、恐る恐る幹に触れ、亀頭を撫で回してきた。

「ああ、これが生身のペニス……」

今まで無表情だった沙也香が、レンズの奥の眼差しを熱くキラキラさせて言い、いったん触れると度胸が付いたか手のひらで幹を包み込み、硬度や感触を確かめるようにニギニギと動かした。

さらに無垢な耶江がしたように、陰嚢を撫でて睾丸を確認し、肛門の方まで覗き込んだ。

「このペニスが、耶江や由紀子先生に入ったのね……」

彼女は完全に決めつけて言った。

勇二のことが好きとか興味があるとかという以前に、耶江や由紀子が好きだから触れているようだった。

「ああ、気持ちいい……」

勇二は、白衣のメガネ美人にいじられ、喘ぎながら幹を震わせた。何しろ医大生だから由紀子の半分の年齢で、しかも処女なのである。

すると沙也香が屈み込み、長い黒髪でサラリと股間を覆いながら、とうとう粘液の滲む尿道口にチロチロと舌を這わせてきたのだった。

「アア……」

勇二は熱く声を洩らし、快感を受け止めた。

由紀子も息を股間に籠もらせながら念入りに舐め回し、張り詰めた亀頭にもしゃぶり付いてきた。

そしてスッポリと呑み込み、上気した頰をすぼめて吸いながら根元まで含み、クチュクチュと舌をからめてきたのだ。

たまにぎこちなく歯が当たるが、これも新鮮な刺激だった。何しろ鋼鉄のペニスなのだから、いくら嚙まれても問題はない。

沙也香も次第に激しく吸い付き、貪るように舌を蠢《うごめ》かせてきたので、恐らくバイブに対しては乱暴にしゃぶって濡らしているのだろう。

しかし充分に濡らしたところで、彼女はスポンと口を離した。

「いいわ、何でもしてあげるから言って」

「じゃ、腹に跨がって座って、脚を伸ばして僕の顔に」

言われて、勇二は期待と興奮に包まれながら答えた。

2

「そんなことされたいの。体重をかけて座っていいのね？」

沙也香は言い、白衣の裾をまくって跨がり、遠慮なく勇二の下腹に座り込んできた。

股間が直に肌に密着すると、割れ目のヌメリが生温かく伝わってきた。

さらに彼女は、両足を伸ばして足裏を勇二の顔に乗せてきた。彼も立てた両膝に沙也香を寄りかからせ、全体重を味わった。

胸も尻も豊満だが、由紀子よりはずっと痩せているので、これぐらいの体重は何ともない。

「アア、変な気持ち……。重くない……？」

沙也香は言いながら喘ぎ、白衣のボタンを外して左右に開くと、形良い乳房を露わにさせた。

勇二は美女の足裏を顔中に受けて舌を這わせ、指の間に鼻を割り込ませて嗅いだ。

やはりそこは生ぬるい汗と脂にジットリ湿り、ムレムレの匂いが濃厚に沁み付き、悩ましく鼻腔を刺激してきた。

彼は爪先をしゃぶり、両足とも全ての指の股に舌を潜り込ませて味わい、蒸れた匂いを貪った。

「あう……、くすぐったいわ……」

沙也香は呻いたが拒まず、彼の下腹に密着している割れ目の潤いが増してきた。

「じゃ顔に跨がって」

口を離して言うと、沙也香も前進して彼の顔の左右に足を置いて立つと、白衣の裾をめくってゆっくりしゃがみ込んできた。

メガネで半裸の白衣美女の股間が、勇二の鼻先までズームアップしてきた。

脚がM字になって内腿がピンと張り詰め、濡れた割れ目からは生ぬるく蒸れた熱気が漂っていた。

指で開くまでもなく陰唇が広がり、息づく膣口まで見えていた。しかも何と、親指の先ほどもある大きなクリトリスが光沢を放ち、少年の亀頭のようにツンと突き立っていた。

この清楚で大人しげな美人医大生のクリトリスがこんなに巨大とは、いったい誰が想像するだろうか。

勇二はギャップ萌えに興奮を高め、彼女の腰を抱えて引き寄せ、ふんわりと程よい範囲に茂っている恥毛の丘に鼻を埋め込んでいった。

擦り付けて嗅ぐと、隅々には生ぬるく甘ったるい汗の匂いが濃厚に籠もり、それにほのかな磯《いそ》の香りに似た残尿臭が混じり、さらに大量の愛液の生臭い成分も含まれて、悩ましく彼の鼻腔を刺激してきた。

嗅ぎながら舌を挿し入れ、淡い酸味のヌメリを搔き回しながら膣口の襞と大きなクリトリスまで舐め上げていくと、

「アアッ……、いい……」

沙也香が熱く喘ぎ、思わずギュッと座り込みそうになって彼の顔の左右で懸命に両足を踏ん張った。

勇二はチロチロとクリトリスを舐め、乳首のように唇に挟んで吸った。

「あう、それもっと……、嚙んでもいい……」

沙也香が息を詰めてせがむので、勇二も強く吸い付き、軽く前歯でコリコリと刺激

してやった。

どうやら激しいオナニーばかりして、ソフトタッチより強い刺激を好むようだ。

もちろん加減して愛撫したが、愛液は大洪水になって滴り、彼の顎までヌラヌラと生ぬるく濡らしてきた。

彼は愛液をすすり、充分に味と匂いを味わってから、沙也香の尻の真下に潜り込んでいった。

見上げると、沙也香は器具によるアヌスオナニーまでしているのではないかと思うほどピンクの蕾がレモンの先のように突き出て、細かな襞ばかりでなく奥の粘膜まで覗かせていた。

これも、彼女の外見からは想像もつかない艶《なま》めかしい形状であった。

鼻を埋め込んで嗅ぎ、生ぬるく蒸れて籠もった匂いを貪ると鼻腔が悩ましく刺激された。顔中に弾力ある双丘を受け止めながらチロチロと舌を這わせ、ヌルッと潜り込ませて微妙に甘苦い粘膜を探ると、

「く……、いい気持ち……」

沙也香が呻き、モグモグと味わうように肛門で舌先を締め付けてきた。

勇二が内部で舌を蠢かせて粘膜を味わうと、割れ目から糸を引いて滴る愛液が、顔

中をヌラヌラとまみれさせた。

やがて彼女の前も後ろも味わい尽くすと、

「い、入れたいわ……」

沙也香が股間を引き離し、再び移動して屹立したペニスにしゃぶり付いた。

根元までスッポリ呑み込んで吸い付き、たっぷりと唾液を出してペニスをヌメらせると、

「ああ、跨いで入れて下さい……」

勇二もすっかり高まってせがんだ。

沙也香もスポンと口を離して身を起こし、白衣の裾をヒラリと翻《ひるがえ》して跨がった。

唾液に濡れた先端に割れ目を押し付け、彼女は期待と緊張に頬を強ばらせながら、ゆっくり腰を沈めていった。

もちろんバイブで慣れているから挿入への恐怖はなく、たちまちペニスはヌルヌルッと滑らかに根元まで呑み込まれた。

「アア……！」

完全に座り込むと、沙也香が顔を仰け反らせて喘ぎ、ピッタリと股間を密着させてきた。勇二も肉襞の摩擦と温もり、大量のヌメリと締め付けに包まれながら快感を味

わった。

「中で出しても大丈夫ですか」

「ええ、ピル飲んでいるから遠慮なく出して……」

訊くと、沙也香が身を重ねながら答えた。別に避妊のためではなく、生理不順の調整のために服用しているのだろう。

勇二も下から両手を回して抱き留め、僅かに両膝を立てて尻を支えた。

まだ動かず、息づく膣内の収縮を味わいながら、彼は乱れた白衣に潜り込んでチュッと乳首に吸い付いた。

舌で転がし、顔中を張りのある膨らみに押し付けて感触を味わい、左右とも交互に含んで舐め回した。

「噛んで……」

すると、また沙也香が言い、勇二はコリコリと前歯で乳首を刺激してやった。

「あうう、もっと強く……」

彼女が呻き、徐々に腰を動かしながら言った。

勇二は両の乳首を舌と歯で愛撫し、さらに白衣に潜り込んで彼女の腋《わき》の下にも鼻を埋め込んだ。スベスベのそこはジットリと汗に湿り、生ぬるく甘ったるい匂いが濃く沁み付いていた。

　勇二は美女の体臭に噎《む》せ返りながら、ズンズンと股間を突き上げて摩擦快感を味わった。溢れる愛液が動きを滑らかにさせ、クチュクチュと音を立てながら、互いの股間をビショビショにさせた。

「アア……、もっと太く長くしてみて……」

　沙也香がせがむので、勇二も膣内でペニスを伸ばして太さも増し、バイブに負けないように亀頭をグリグリと回転させた。

「あう……、すごいわ……、とってもいい気持ち……」

　処女なのに沙也香は声を上ずらせて言い、動きを速めていった。

　勇二も股間を激しく突き上げながら、彼女の顔を抱き寄せ、ピッタリと唇を重ねていった。

「ンン……」

　沙也香が熱く鼻を鳴らし、ネットリと舌をからめてきた。

　勇二は生温かく濡れて滑らかな舌を味わい、滴る唾液で喉を潤した。

「い、いきそう……」

　沙也香が口を離して喘ぎ、勇二も高まりながら熱い吐息を嗅いだ。それは甘酸っぱい果実臭に、昼食の名残か淡いオニオン臭も混じって鼻腔が刺激された。

これもギャップ萌えで、彼は美女の刺激的な匂いにゾクゾクと興奮を高め、とうと う膣内の摩擦で昇り詰めてしまった。

「く……！」

大きな絶頂の快感に貫かれながら呻き、熱い大量のザーメンをドクンドクンと勢い よく中にほとばしらせると、

「ヒッ、熱いわ、いく……、アアーッ……！」

噴出を受け止めた途端、沙也香が口走りガクガクと狂おしいオルガスムスの痙攣を 開始した。

やはりバイブは射精しないから、それが最大の刺激になったようだ。

勇二も股間を激しく突き上げて快感を味わい、心置きなく最後の一滴まで出し尽く してしまった。

満足しながら突き上げを弱め、強ばりを解いていくと、

「ああ……、すごかったわ……」

沙也香も肌の硬直を緩め、グッタリと身を投げ出し、遠慮なく彼に体重を預けて、 そう言った。まだ収縮する膣内に刺激され、射精直後のペニスが内部でヒクヒクと過

敏に跳ね上がると、

「あう……、感じる……」

これもバイブには無い機能だから、沙也香は新鮮な感覚を得て呻いた。

勇二は白衣美女の重みと温もりを受け止め、悩ましい刺激を含んだ吐息を胸いっぱいに嗅ぎ、うっとりと快感の余韻を味わったのだった。

すると沙也香が股間を引き離して顔を移動させ、愛液とザーメンにまみれた亀頭にしゃぶり付いてきた。

「これがザーメンの匂い……」

彼女は言いながら貪るように吸い付き、

「も、もうどうか……」

勇二は言い、降参するようにクネクネと腰をよじらせたのだった。

3

「ね、オシッコ出して……」

バスルームで、例により勇二は沙也香にせがんだ。もう互いに身体を洗い流し、メガネを外した彼女も実に顔立ちの整った美形だった。

彼は床に座り、目の前に沙也香を立たせて片方の足をバスタブのふちに乗せさせ、開いた股間に顔を埋めた。

匂いもだいぶ薄れてしまったが、まだまだ沙也香の欲望もくすぶっているように、すぐにも新たな愛液がヌラヌラと溢れてきた。

「いいの？　出るわ……」

沙也香は下腹に力を入れて尿意を高め、いくらも待たないうちに言った。

他の女性に比べ、最も風変わりな雰囲気を持つ彼女は、アブノーマルな要求もすんなり受け入れてくれた。

舌を這わせると柔肉が蠢き、熱い流れがチョロチョロとほとばしってきた。

「あう……」

沙也香が呻き、ガクガクと膝を震わせながら放尿し、勇二も口に受けて味わった。

味わいも匂いも淡く控えめで、心地よく喉を潤すことが出来た。

勢いがつくと口から溢れた分が身体を温かく伝い、すっかり回復しているペニスが浸された。

間もなく流れが治まると、沙也香がピクンと下腹を震わせた。

勇二は余りの雫《しずく》をすすり、残り香の中で割れ目を舐め回した。

「アア……、早く、ベッドに戻りたいわ……」

羞じらいなどよりも、すっかり興奮を高めた沙也香が言って足を下ろし、再び互いの全身にシャワーの湯を浴びせた。

さっき処女を失ったばかりとは思えない反応で、きっとバイブオナニーに明け暮れ、多くの欲求を抱え込んで今日を迎えたのだろう。

身体を拭いてベッドに戻ると、沙也香がベッドの引き出しから何かを取り出した。見ると、それはピンク色をした楕円形のローターである。

「これをお尻に入れて、前にペニスを挿入して」

彼女が大胆に言いながら、ローターを手渡してきた。

「うん、その前に舐めて濡らして」

勇二も激しく勃起しながら言い、仰向けになった沙也香の胸に跨がり、鼻先に先端を突き出した。

彼女もすぐに顔を上げて先端を舐め回し、亀頭にしゃぶり付いてきた。

勇二が前に手を突いて深々と押し込むと、

「ンン……」

沙也香は喉の奥まで呑み込んで呻き、熱い鼻息で恥毛をくすぐった。クチュクチュと舌がからみつくと、彼自身は生温かな唾液にまみれ、快感を高めてヒクヒクと震えた。

やがて充分に高まると、勇二はペニスを引き抜いて彼女の股間に移動した。

すると沙也香も、自ら両脚を浮かせて抱え、白く丸い尻を突き出してきた。

勇二は屈み込んでピンクの蕾を舐め回し、唾液を押し込むように舌を潜り込ませて蠢かせた。

「ああ……、入れて、強引にして構わないから……」

沙也香が喘ぎ、濡れた肛門を収縮させた。

彼も口を離してローターを手にし、指の腹を当てて押し込んでいった。

彼女が括約筋を緩めると、すぐに襞が伸びきり、丸く開いた蕾にローターが潜り込んだ。

「あう……、もっと深く……」

沙也香が、上にある割れ目からヌラヌラと愛液を漏らしながら言い、彼が押し込むとローターは完全に入って見えなくなった。あとは電池ボックスに繋《つな》がるコードが伸びているだけとなった。

スイッチを入れると奥から、ブーン……と、くぐもった振動音が聞こえてきた。

「アア……、いい気持ち……、来て……」

沙也香が喘いでせがむが、その前に勇二は割れ目を舐め、大量のヌメリを味わってから身を起こした。

股間を進め、足を浮かせて待機している割れ目に先端を押し付けた。

そして潤いを与えるようにヌラヌラと擦り付けてから、やがてゆっくりと膣口に挿入していった。

ヌルヌルッと根元まで押し込むと、さっきより締め付けがきつくなっていたが、それは肛門から直腸にローターが入っているからだろう。しかも間の肉を通し、振動がペニスの裏側にまで妖しく伝わってきた。

「ああ……、いい気持ち……！」

沙也香が顔を仰け反らせ、前後の穴を塞がれて喘いだ。

肛門が締まるたびローターの振動音が悲鳴のように激しくなり、連動した膣内もきつくペニスを締め付けてきた。

勇二も新鮮な快感に高まりながら、きつい膣口でズンズンと律動を開始した。

溢れる愛液に、すぐにも動きが滑らかになり、次第に彼も激しく股間をぶつけはじめた。

たまに身を重ねて彼女の喘ぐ口を嗅ぎ、悩ましい刺激で鼻腔を満たしながら動きを早めた。

「す、すぐいきそう……、もっと突いて……！」

沙也香も激しく股間を突き上げながらせがみ、膣内の収縮を活発にさせた。

勇二も高まり、とうとう締め付けとヌメリある摩擦で昇り詰めてしまった。

「い、いく……！」

大きな快感に包まれて口走り、ありったけの熱いザーメンをドクンドクンと勢いよくほとばしらせると、

「き、気持ちいいわ……、アアーッ……！」

噴出を感じると同時に沙也香もオルガスムスに達し、激しく喘ぎながらガクガクと狂おしく腰を跳ね上げた。

どこに溜まっていたかと思えるほど大量の愛液が噴出し、互いの股間を生温かく濡らしながら、シーツにまで沁み込んでいった。

勇二は快感を嚙み締め、心置きなく最後の一滴まで出し尽くし、満足しながら動きを止めていった。

「ああ……、良かったわ……」

するとと沙也香も声を洩らして硬直を解き、グッタリと身を投げ出していった。

まだローターの音と振動が続き、締め付けられながらペニスが刺激され、ヒクヒクと過敏に跳ね上がった。

「あう、もうダメ……」

沙也香が嫌々をして言うので、彼もそっとペニスを引き抜き、電池ボックスのスイッチを切ってやった。

そして勇二はティッシュを手にし、ペニスを拭ってから彼女の割れ目を拭いてやり、コードを握って切れないよう気をつけながら、そろそろとローターを引っ張り出しにかかった。

すると見る見るローターの表面が見えてきて、やがて排泄するようにツルッと抜け落ちたが、汚れの付着はなかった。

「アア……」

沙也香がほっとしたように声を洩らし、丸く開いてヌメリのある粘膜を覗かせていた肛門も、見る見るつぼまって元の蕾に戻っていった。

処理を終えると勇二は添い寝して腕枕してもらい、沙也香のかぐわしい息を嗅ぎながら、うっとりと快感の余韻を味わったのだった……。

4

帰り道、聞き覚えのある女性の声を訊き、勇二は暗い公園に入っていった。

すると植え込みの陰で、柔道コーチでズングリした川津圭助が、真紗枝に迫っているではないか。

「しつこいわね。大きな声を出すわよ」

「いいぜ、出しても。何なら棒もそこらの枝から折ってきてやろうか」

だいぶ圭助は酔っているようで、下卑《げび》た笑みを洩らしながら言った。戦うなら、真紗枝は剣道だから棒でも渡そうというのだろう。

職員の飲み会でもあり、圭助は帰りに真紗枝を追いかけて口説《くど》いているようだった。

フラれっぱなしの圭助は、酔いも任せて力ずくで真紗枝をモノにしようとしているのだろう。いかに真紗枝が剣道が強くても、素手ならどうにでもなると思っているようだ。

勇二は、間に入っていった。

「なんだ、てめえ……！」

圭助はジロリと睨み、勇二だと思い出すと僅かに怯んだ。

「山尾くん……」

真紗枝はほっとしたように言い、彼の背に回り込んできた。甘ったるい匂いが濃厚に漂い、相当に彼女は冷や汗をかいているようだ。

何やら、これでツナデ姫に児雷也、オロチ丸の三すくみが揃ったようだ。

「じゃ、送るので帰りましょうか」

勇二が真紗枝にそう語りかけて歩こうとすると、

「待て、この野郎。もう一度勝負だ」

圭助が言って勇二の腕を掴んできた。しかし、勇二の腕の一振りで、圭助は吹っ飛び土の上を転がった。

真紗枝が目を見開き、圭助はさすがに受け身を取ってすぐに立ち上がった。

そして彼はポケットからカッターナイフを取り出したのである。たまたま入っていたのか、あるいは護身用に持っていたのかは分からない。

とにかく、柔道では敵わぬと分かっているので、圭助はカチカチと刃を出して身構えた。

「け、警察を……」

「大丈夫、下がって」

真紗枝が声を震わせて言うのを勇二は止め、前に出た。その瞬間、圭助の振るった刃が勇二の頬を横に斬り裂いた、かに見えた。

「ヒッ……！」

真紗枝が息を呑んだが、同時にパキンと音を立てて刃が飛んだのだ。

「な、なに……」

血も出ない勇二に、圭助が絶句して立ちすくんだ。

「ダメだよ。頭を冷やすんだ」

勇二は言い、彼の胸ぐらを摑んで振り回すと、

「うわ……！」

圭助は声を洩らして放物線を描き、三メートルほど向こうにある池に叩き込まれていた。

激しい水音を立てたが、それほど深くなく、圭助は底に尻餅を突きながら首だけ出して水を吐き出した。この浅さなら溺れることもないだろうし、寒いのですぐにも彼は這い出してきた。

「行きましょう」

促すと、真紗枝は青ざめながら小さく頷き、勇二と一緒に公園を出た。

「家は近くですか」

「そ、そんなことより顔は大丈夫なの……？」

真紗枝が言い、彼の頬にそっと触れてきた。

「傷は付いてますか？」

「いえ、何も……、確かに切られたと思ったのに……」

「見た通り、大丈夫です」

「それにしても、あいつは柔道の猛者《もさ》なのよ。それをあんな遠くに投げるなんて、いったい君は何者なの……」

「僕にもよく分かりません」

勇二が答えて歩き続けると、真紗枝も小走りについてきた。

やがて彼女の住むマンションに着き、勇二は中に招き入れられた。

中は2LDK、広いリビングとキッチン、部屋は寝室と書斎のようだ。

「ね、したくなっちゃった。寝室に入ってもいい？」

「え、ええ、でもすごく汗かいてるから、お願い、シャワーを浴びさせて」

勇二が甘えるように言うと、彼女も頷きながらそう返してきた。

あのまま圭助に無理矢理犯されることに比べれば、勇二にされるのは願ってもないようだ。

「いい匂いがするから、このままで」

「ああッ……」

言いながら手を引いて寝室に入ると、真紗枝は声を洩らしながらも、諦めたように従った。

ベッドはセミダブルで、室内には甘い匂いが立ち籠めていた。

勇二はすぐに手早く服を脱ぎ、全裸になってベッドに横たわった。やはり枕には美女の悩ましい匂いが濃く沁み付いていた。

真紗枝もノロノロと脱ぎはじめ、さらに甘ったるい匂いが揺らめいた。

やがて彼女も一糸まとわぬ姿になり、横になってきたので、勇二は身を起こして彼女の足に迫った。

足裏に舌を這わせながら、指の間に鼻を押し付けると、

「あう、ダメよ、ムレムレだから……」

真紗枝が呻いたが、構わずに勇二は蒸れた匂いを貪った。

前回より匂いが濃く、嗅いでから爪先にしゃぶり付くと、指の股も生ぬるい汗と脂にジットリ湿っていた。両足とも、全ての指の間を舐めて味と匂いを貪り尽くすと、

「アア……！」

真紗枝は熱く喘ぎ、もう羞恥も吹き飛んだように身を投げ出してしまった。

やはり女子剣道部の更衣室ではなく、誰も来る心配のない自宅だから、ゆっくり味わう気になってきたようだ。

勇二は彼女を大股開きにさせ、脚の内側を舐め上げ、白くムッチリした内腿をたどって、熱気の籠もる股間に迫っていった。

割れ目からはみ出した陰唇が潤い、今にもトロリと滴りそうなほど雫を脹らませていた。

勇二は顔を埋め込み、柔らかな恥毛に鼻を擦り付けて嗅いだ。

隅々には、濃厚に甘ったるい汗の匂いが蒸れて籠もり、それに淡い残尿臭と、愛液の生臭い成分も混じって彼の鼻腔を悩ましく刺激してきた。

「濃くていい匂い」

「あう……、ダメ……！」

嗅ぎながら言うと、真紗枝が羞恥に呻き、キュッときつく内腿で彼の両頰を挟み付

けてきた。

勇二は美女の匂いで胸を満たしながら舌を挿し入れ、息づく膣口の襞をクチュクチュ掻き回し、淡い酸味のヌメリをすすりながら、柔肉をたどってクリトリスまで舐め上げていった。

「アアッ……、いい……」

真紗枝がビクッと身を反らせて喘ぎ、内腿に強い力を込めてきた。

彼はチロチロと舌先で弾くようにクリトリスを刺激し、目を上げて彼女の反応を見た。白い下腹がヒクヒクと小刻みに波打ち、乳房の間から喘いで仰け反る真紗枝の表情が見えた。

さらに勇二は彼女の両脚を浮かせ、白く豊満な尻の谷間に顔を埋めた。

顔中に密着する双丘の感触を味わい、蕾に鼻を埋めて嗅ぐと、ここも蒸れた微香が籠もって悩ましく鼻腔を刺激してきた。

嗅いでから舌を這わせて収縮する襞を濡らし、ヌルッと潜り込ませて、淡く甘苦い滑らかな粘膜を探った。

「く……！」

真紗枝が呻き、キュッと肛門で舌先を締め付けてきた。

勇二は充分に舌を蠢かせてから、彼女の脚を下ろし、再び割れ目に戻って大洪水の愛液を舐め取り、クリトリスに吸い付いた。

「も、もうダメ……」

すぐにも昇り詰めそうになったか、真紗枝が言って身を起こし、彼の顔を股間から追い出してきた。

勇二も離れて仰向けになると、彼女がペニスに屈み込み、粘液の滲む尿道口を舐め回し、丸く開いた口でスッポリと根元まで呑み込んだ。

「ンン……」

彼女は鼻を鳴らして吸い付き、熱い息を股間に籠もらせながら、クチュクチュと舌をからめてペニスを生温かな唾液に濡らした。

勇二がズンズンと股間を突き上げると、彼女も合わせて顔を上下させ、濡れた口でスポスポと強烈な摩擦を繰り返してくれた。

「ああ、気持ちいい……」

勇二が喘ぐと、すぐに真紗枝がスポンと口を離し、

「入れてもいい？」

と訊いてきた。

「ええ、跨いで入れて下さい……」

勇二も仰向けのまま答え、唾液にまみれた幹をヒクつかせた。

真紗枝が身を起こし、ためらいなく跨いで先端に割れ目を押し付けてきた。そして幹に指を添えて位置を定めると、息を詰めてゆっくり腰を沈み込ませた。

たちまち屹立したペニスは、ヌルヌルッと滑らかな肉襞の摩擦を受けて根元まで嵌《は》まり込んでいった。

「アアッ……！」

先端が奥まで届いた感じで、真紗枝は顔を仰け反らせて喘いだ。

勇二も温もりと締め付けに包まれながら、快感を嚙み締める。いつものことながら女体と一つになった瞬間に、大きな悦びが全身を満たした。

股間を密着させてグリグリと動かしていた真紗枝も、彼が両手を伸ばすと、ゆっくり身を重ねてきた。

勇二は両手で抱き留め、僅かに両膝を立てて尻を支えた。

そして顔を上げて潜り込み、チュッと乳首に吸い付いて舌で転がすと、

「あう……、もっと強く……」

真紗枝が膨らみを押し付けて呻いた。

勇二は左右の乳首を含んで舐め回し、顔中で柔らかな感触を味わいながら、ときに歯を軽く立ててコリコリと刺激した。

すると愛液の量が増し、まだ動いていないのに互いの股間が熱くビショビショになって彼の肛門の方にも伝い流れてきたのだった。

5

「ああ、いい気持ち……、突いて、強く……」

真紗枝が、待ちきれないように腰を動かしながら喘いだ。

勇二も下からしがみつきながら、ズンズンと股間を突き上げはじめた。すると互いの動きがリズミカルに一致し、溢れる愛液で動きが滑らかになり、ピチャクチャと淫らに湿った摩擦音が響いてきた。

動きながら彼女の首筋を舐め上げ、唇に迫ると真紗枝も上からピッタリと重ね合わせてきた。

「ンン……」

真紗枝が熱く呻きながらヌルッと舌を挿し入れてきたので、勇二もネットリとからみつけ、生温かな唾液に濡れて滑らかな舌を味わった。

「もっと唾を出して……」

唇を合わせながら囁くと、真紗枝も懸命に分泌させ、クチュッと口移しに注ぎ込んでくれた。

勇二は小泡の多い唾液を味わい、うっとりと喉を潤しながら突き上げを続けると、

「ああッ……、いきそうよ……」

真紗枝が唾液の糸を引き、口を離して熱く喘いだ。

口から吐き出される息は湿り気を含み、花粉のような匂いに混じって、アルコールが発酵したような刺激も感じられ、悩ましく彼の鼻腔を搔き回してきた。

「顔中ヌルヌルにして……」

勇二も高まりながらせがむと、真紗枝は熱くかぐわしい息を弾ませて舌を這わせ、彼の鼻筋から頰までヌルヌルにまみれさせてくれた。

「ペッて強く吐きかけて」

さらに言うと、真紗枝も興奮と快感に突き動かされ、言われるまま形良い唇をすぼめて息を吸い、ペッと強く吐きかけてくれた。

「ああ……、気持ちいい……」

勇二は顔中に息を受け、唾液の固まりに鼻筋を濡らされながら喘いだ。

すると、たちまち真紗枝の痙攣がガクガクと激しくなったのだ。

「い、いっちゃう……、アアーッ……！」

声を上ずらせ、彼女は狂おしく身悶えながらオルガスムスに達してしまった。

続いて勇二も、膣内の艶めかしい収縮に巻き込まれ、激しく昇り詰めていった。

「く……！」

快感に呻きながら、熱いザーメンをドクンドクンと勢いよく注入すると、

「あう、熱い……」

噴出を受け止めた真紗枝が、駄目押しの快感を得て呻き、キュッときつく締め上げてきた。勇二は股間を突き上げ続けて快感を噛み締め、心置きなく最後の一滴まで出し尽くした。

満足しながら動きを弱めていくと、

「アア……、溶けそう……」

真紗枝も声を洩らし、肌の強ばりを解きながら力を抜いて、グッタリと彼に体重を預けてきた。

勇二は重みと温もりを受け止め、まだ名残惜しげに息づく膣内に刺激され、射精直

後のペニスを内部でヒクヒクと過敏に跳ね上げた。

「あん、ダメ、感じすぎる……」

真紗枝も敏感に反応して言い、キュッときつく締め上げた。

勇二は彼女の喘ぐ口に鼻を押し込み、悩ましい匂いを嗅いで胸を満たしながら、うっとりと快感の余韻を味わったのだった……。


——バスルームで、互いに全身を洗い流すと、ようやくほっとしたように真紗枝が椅子に座って息を吐いた。

洗い場が広いので、勇二は仰向けになって脚を立て、彼女の手を引いて顔に跨がらせた。

「どうするの」

「オシッコして欲しい……」

「まあ……、無理よ、そんなこと……」

真紗枝は尻込みして言ったが、やはり自宅なので、まだまだ欲望がくすぶっているようで新たな愛液を漏らしてきた。

「少しでいいから」

勇二は彼女の腰を抱え込み、割れ目に顔を埋めながら言った。クリトリスに吸い付くと、さらに愛液が溢れ、

「あう……、吸われると漏れそう……」

真紗枝も、徐々に尿意が高まってきたように息を詰めて言った。

出す気になったことで彼はムクムクと回復しながら、クリトリスを吸い、割れ目を舐めて愛液をすすった。

すると柔肉が迫り出すように盛り上がり、味と温もりが変わった。

「で、出るわ。本当にいいのね……」

真紗枝が声を震わせると同時に、チョロチョロとか細い流れがほとばしり、彼の口に注がれてきた。

勇二は夢中で喉に流し込み、やや濃厚な味と匂いに包まれながら興奮を高めていった。仰向けだから噎せないよう気をつけて飲み込んだが、そこはやはりオロチの力があり、咳き込むこともなく味わうことが出来た。

「アア……、変な気持ち……」

真紗枝は喘ぎ、徐々に勢いを付けて放尿した。

口から溢れた分が左右の頬を伝い、耳にも流れ込んできた。それでも勢いが衰え、

すぐにも流れは治まってしまった。

真紗枝は息を弾ませ、バスタブに摑まりながらようやく股間を引き離すと、勇二も身を起こした。すると彼女がシャワーの湯で割れ目を流し、彼の顔にも浴びせて洗ってくれた。

「すごい勃《た》っているわ……。でも私はもう充分だから、飲ませて……」

真紗枝がペニスを見て言うので、彼も起き上がるとバスタブのふちに腰を下ろして股を開いた。

彼女が顔を寄せ、先端を舐め回して熱い息を股間に籠もらせた。

亀頭にもしゃぶり付き、モグモグとたぐるように根元まで含むと、幹を丸く口で締め付けて吸い、口の中でクチュクチュと舌をからめてくれた。

「ああ、気持ちいい……」

勇二も美女の舌に刺激され、最大限に勃起しながら快感に喘ぎ、ジワジワと高まっていった。

真紗枝も顔を前後させ、チュパチュパと淫らに音を立てて摩擦しはじめた。

唾液にまみれたペニスが震え、たちまち勇二は昇り詰めてしまった。

「い、いく……！」

快感に貫かれながら口走ると、ありったけの熱いザーメンがドクンドクンとほとばしって真紗枝の喉の奥を直撃した。

「ク……、ンン……」

彼女は熱く呻きながらも、勇二が出し切るまで摩擦と吸引を続行してくれた。

強く吸い付かれると、陰嚢から直に吸い出された感じで魂まで抜かれそうになり、思わず腰が浮いてしまった。

やがて彼は快感を心ゆくまで嚙み締め、最後の一滴まで出し尽くしていった。

「ああ……」

すっかり満足して声を洩らし、彼がグッタリと四肢を投げ出すと、ようやく真紗枝も吸引を止め、亀頭を含んだまま口に溜まったザーメンをゴクリと一息に飲み込んでくれた。

「く……」

嚥下《えんげ》と同時に口腔がキュッと締まり、勇二は駄目押しの快感に呻いてピクンと幹を震わせた。真紗枝もスポンと口を離し、なおも幹を握って余りを搾り、尿道口に脹らむ雫まで丁寧に舐め取ってくれた。

「も、もういいです、どうも有難う……」

勇二がクネクネと腰をよじらせて言い、ヒクヒクと過敏に幹を震わせると、やっと真紗枝も舌を引っ込めた。

「二度目なのに、量が多くて濃いわ……」

真紗枝がヌラリと淫らに舌なめずりをして言い、添い寝してきた。

彼も胸に抱かれ、温もりに包まれながら呼吸を整え、うっとりと余韻を味わったのだった。

そして鼻先にある乳首にチュッと吸い付くと、

「あう、もうダメよ。明日起きられなくなっちゃうから……」

真紗枝が言い、やんわりと彼の顔を胸から引き離した。

「それにしても、不思議な子だわ。だから由紀子先生が調べているのね」

彼女が言い、勇二の胸や腹を撫で回した。

「こんな華奢な身体のどこに、あいつを投げ飛ばす力が……、まあ！」

またムクムクと勃起したのを見て、真紗枝は声を洩らして手を引っ込めた。

「何度でも出来るの？」

「ええ、多分。でも今夜はもういいです」

勇二は答えて身を起こし、手早く身繕いをした。

真紗枝も起き上がったが、またシャワーでも浴びる気なのか服は着なかった。

「じゃ帰りますね。有難うございました」

「ううん、こちらこそ、助けてくれてどうも有難う。もうあいつも私に近づかないと思うわ」

真紗枝が言い、全裸の彼女に見送られて勇二は玄関を出たのだった。

第五章　ナースの淫らな欲望

1

「あ、済みません。せっかく来て頂いたのに、由紀子先生は急用で大先生ご夫婦と出かけてしまいました」

休日の午後、勇二が由紀子からの呼び出しメールで、近所の小野医院を訪ねると、二十代前半ぐらいのナースが出てきて言った。

「先生が、申し訳ないけどよろしくとのことでした。私は三沢千佳《みさわちか》です」

「そうですか。ではまた」

「いえ、お茶でもどうぞ。私も今日は仕事がないので」

白衣の似合う千佳が愛くるしい笑顔で言い、勇二も中に入った。

由紀子は勇二に何か用があったか、あるいは淫気を催《もよお》して彼を呼んだものの、千佳の話では医院を開いている両親の恩人が急に亡くなり、由紀子も知った人なので彼女の車で親子三人で出かけたようだった。

千佳は彼を待合室のソファーに座らせ、お茶を持ってきてくれた。

彼女はショートカットで顔立ちが整い、可憐なアニメ声をして小柄なので、愛らしい印象である。

そして診察室のドアが開けっ放しなので、彼は自分が初体験をした診察ベッドを見て股間を熱くさせてしまった。

「由紀子先生は、勇二さんの診察をしたかったようです。血圧とか検尿とか採血などですが、私がしておきましょうか」

ソファーの隣に座った千佳が言い、さっきまで三人を見送るため慌ただしく動き回っていたように甘ったるい匂いが感じられた。

「いや、今してきたばかりなのでオシッコも出ないし、また由紀子先生のいる時に」

勇二は答えた。もちろん淫らな展開も予想し、念入りにシャワーも浴びて出てきたのである。

「そう、でも少しだけ診せて下さいね。一人なので聴診器を使ってみたいので」

千佳は何やらお医者さんごっこでもしたいようで、二人きりなのに声を潜めて悪戯っぽく言った。

やがて茶を飲むと、勇二も期待に興奮を高めて、一緒に診察室に移動した。

「じゃ脱いで下さいね」

千佳が言い、院長が座る椅子に掛けた。勇二も上着とシャツを脱いで、上半身裸になって彼女の正面に座った。

千佳は聴診器をかけ、彼の胸にそっと当てて心音を聞いた。

「わあ、よく聞こえるわ……」

彼女は無邪気に言い、胸や脇腹などあちこちに押し当ててきた。まだ新人らしいので、こうした器具を使うことに憧れていたのだろう。

「ね、僕にも聴かせて」

秘密めいた雰囲気に、勇二がムクムクと勃起しながら言うと、

「恥ずかしいな。自分で当てて聴いたことはあるのだけど……」

千佳も拒む様子はなく、一緒に戯《たわむ》れたいような口調で答えた。

「じゃ千佳さんも脱いで、こっちへ」

言うと彼女も立って、一応入り口の施錠だけ確認してから診察ベッドに向かった。

そして白衣の前ボタンを外し、自分からブラのフロントホックまで外して前を開くと、ためらいなく仰向けになった。

「ああ、ここに寝るなんて変な気持ち……」

千佳が言い、勇二も聴診器を受け取って椅子に掛け、彼女を見た。

白衣とブラが全開になり、張りのありそうなお椀型の乳房が息づいていた。下着もピンクの色っぽいものである。

そっと彼女の胸に聴診器を当てると、ドクドクと忙しげな心音が聞こえてきた。

「うん、ずいぶんはっきり聞こえるんだね」

勇二は言いながら、さらに彼女の弾力ある腹にも押し当てると、グルグルという消化音も聞こえ、美女の体内の躍動音に興奮を高めた。

「ああ……、くすぐったいわ……」

千佳が息を弾ませて言い、もうここまでくればお医者さんごっこは終えて構わないだろうと思い、勇二は聴診器を外して傍らに置き、乳房に屈み込んでいった。

チュッと乳首に吸い付くと、

「あう……」

千佳がビクッと反応して呻いたが、されるまま拒まず身を投げ出していた。

勇二はコリコリと硬くなった乳首を舌で転がし、膨らみに顔中を押し付けて張りのある感触を味わった。

左右の乳首を交互に含んで舐め回すと、

「アア……、いい気持ち……」

千佳が身をくねらせて喘ぎ、さらに甘ったるく濃い匂いを揺らめかせた。

「千佳さんは彼氏いるの？」

「いたけど、半月前に別れたんです……」

訊くと彼女が答え、勇二は愛撫を再開させた。乱れた白衣の中に顔を潜り込ませ、ジットリ汗ばんだ腋の下に鼻を埋めると、濃厚な汗の匂いが悩ましく鼻腔を満たしてきた。

「いい匂い」

「あん……」

嗅ぎながら言って舌を這わせると、千佳がビクリと肩をすくめて喘いだ。

勇二は若い美人ナースの体臭を味わい、滑らかな肌を舐め降りていった。

縦長の臍《へそ》を舐め、下着を通り越してムッチリした太腿から脚を這い下り、両のソックスを脱がせて足裏に顔を埋めた。

舌を這わせて指先に鼻を押し付けると、さすがに朝から動き回っていただけに、そこは汗と脂に生ぬるく湿り、蒸れた匂いが濃く沁み付いていた。

嗅いで胸を満たしてから爪先にしゃぶり付き、順々に指の股に舌を割り込ませて味わった。

「あう、汚いわ。こんなことされるの初めてよ……」

千佳が下半身をくねらせて呻いた。どうやら今までの彼氏は爪先を舐めないダメ男だったようだ。

勇二は両足とも、味と匂いが薄れるまで指先を貪り尽くし、いったん身を起こして彼女の下着を引き脱がせていった。

千佳も僅かに腰を浮かせて彼の作業を手伝い、やがて股間を露わにした。

勇二も手早くズボンと下着、靴下まで脱ぎ去って全裸になり、あらためて彼女の股間に屈み込んだ。

大股開きにさせ、白く滑らかな内腿を舐めて股間に迫ると、顔中を熱気と湿り気が包み込んできた。

丘の茂みは程よい範囲に煙り、割れ目からはみ出したピンクの花びらはヌラヌラと蜜に潤い、指で広げると襞の入り組む膣口が息づいていた。

「わあ、綺麗だ」

「は、恥ずかしいわ……」

勇二が言うと、千佳が下腹をヒクつかせて声を震わせた。診察用のライトがあるから、割れ目内部の隅々まで照らされているのだ。

クリトリスは小粒だが、それでも処女だった耶江よりは多少生育した眺めである。

もう堪らずに、彼は顔を埋め込み、柔らかな恥毛に鼻を擦り付け、生ぬるい汗とオシッコの匂いで鼻腔を悩ましく刺激された。

嗅ぎながら内部を舐め回すと、淡い酸味のヌメリが舌の動きを滑らかにさせた。

そして息づく膣口からクリトリスまで舐め上げていくと、

「アアッ……、い、いい気持ち……」

千佳がビクッと顔を仰け反らせて熱く喘ぎ、内腿でキュッときつく彼の顔を挟み付けてきた。

勇二は濃い匂いに噎せ返りながら執拗にチロチロとクリトリスを舐めては、溢れてくる愛液をすすった。

さらに彼女の両脚を浮かせ、オシメでも替えるような格好にさせて尻に迫ると、薄桃色の蕾《つぼみ》が可憐な襞を小刻みに収縮させていた。

蕾に鼻を埋め込み、顔中に密着する双丘の弾力を味わいながら嗅ぐと、蒸れた汗の匂いが鼻腔を刺激してきた。充分に嗅いでから舌を這わせて襞を濡らし、ヌルッと潜り込ませて粘膜を探ると、

「あう……、そ、そんなところまで舐めてくれるの……？」

千佳が朦朧《もうろう》となりながら呻き、キュッと肛門で舌先を締め付けてきた。

勇二は中で舌を蠢かせ、ようやく脚を下ろして再び割れ目のヌメリをすすり、クリトリスに吸い付いていった。

「い、いきそう……、ちょっと休憩……」

千佳が言い、懸命に身を起こしてきた。

勇二も顔を離し、ベッドに横になっていくと彼女も入れ替わりに上になった。

「すごい勃《た》ってるわ……。色白で痩せて、女の子の身体のようだけど、ここだけはすごいのね……」

彼女が熱い視線を注いで言い、顔を寄せてきたが先に勇二の両脚を浮かせ、自分がされたように尻の谷間を舐め回してくれた。

「く……！」

彼女がチロチロと舐め、ヌルッと潜り込ませると勇二は快感に呻いた。

美人ナースの舌先をモグモグと肛門で締め付けると、千佳も熱い鼻息で陰嚢をくすぐり、中で舌を蠢かせてくれた。そのたび、内側から刺激されるように勃起したペニスがヒクヒクと上下した。

さらに彼女は脚を下ろし、陰嚢を舐めて睾丸を転がし、いよいよ肉棒の裏側をゆっくりと舐め上げてきたのだった。

2

「ああ、気持ちいい……」

勇二は喘ぎ、ペニスの裏側を這う滑らかな舌を味わった。

憧れの女性と交わるのも良いが、こうして出会ったばかりの美女と戯れるのも格別である。

千佳は先端まで舌を這わせると、幹にそっと指を添え、粘液の滲む尿道口をチロチロと舐め回し、張り詰めた亀頭にしゃぶり付いてきた。

そのまま丸く開いた口にスッポリと含み、根元まで呑み込んでくれた。熱い鼻息が恥毛をくすぐり、口の中ではクチュクチュと舌が蠢いた。

勇二がズンズンと小刻みに股間を突き上げると、

「ンン……」

千佳が小さく呻き、たっぷり分泌させた唾液がペニス全体を生温かく浸し、溢れた分が陰嚢の脇を伝い流れた。そして彼女も顔を上下させるので、濡れた唇がスポスポとリズミカルな摩擦を開始した。

「い、いきそう……」

すっかり高まった勇二が言うと、千佳もすぐにチュパッと口を引き離した。

「入れたいわ……」

「うん、跨いで入れて」

言うと、千佳も前進して彼の股間に跨がった。やはりピルでも服用しているのか、彼女もナマでOKらしい。

自ら指で陰唇を広げ、先端を膣口に押し当てた。そして感触を味わうように息を詰め、ゆっくりと腰を沈み込ませていった。

たちまちヌメリと重みで、屹立したペニスがヌルヌルッと滑らかに根元まで嵌まり込んだ。

「アアッ……、いい……」

千佳が顔を仰け反らせて喘ぎ、ピッタリと股間を密着させて座り込んだ。

乱れた白衣姿のナースと交わり、彼はそのコスチュームにも興奮を高めた。

何しろコスプレなどではなく、体臭の沁み付いた白衣を着ている本物のナースなのである。

勇二も温もりと感触を味わいながら、無意識に膣内の感覚に合わせて程よい大きさにペニスを調整した。

「すごいわ、奥まで当たって感じる……」

千佳が言い、何度かグリグリと股間を擦り付け、キュッキュッと締め付けてから身を重ねてきた。

勇二も僅かに両膝を立て、下から両手を回して抱き留めた。

唇を重ねて舌を挿し入れ、滑らかな歯並びを舐めると、彼女も歯を開き舌をからめてきた。

生温かな唾液に濡れた舌がネットリと蠢き、勇二は執拗に舌を蠢かせて味わった。

「唾を出して……」

囁くと、千佳も懸命に分泌させた唾液を、トロリと注ぎ込んでくれた。彼は小泡の多い生温かな粘液で、うっとりと喉を潤した。

そしてズンズンと股間を突き上げると、大量のヌメリですぐにも動きが滑らかになっていった。

「ああッ……、いい気持ち……」

千佳が口を離し、近々と顔を寄せたまま熱く喘いだ。吐息は湿り気を含み、シナモンに似た匂いが鼻腔を刺激してきた。

勇二は彼女の口に鼻を押し込み、口の中の濃厚な熱い匂いを貪るように嗅いで胸を満たし、徐々に突き上げを強めていった。

「い、いっちゃいそう……」

千佳も腰を遣いながら熱い息で口走り、互いに股間をぶつけ合うような激しい律動を続けた。

膣内の収縮が活発になり、粗相したように大量に溢れる愛液が互いの股間をビショビショにさせ、湿った摩擦音も淫らに響いた。

「あう、いく……！」

たちまち千佳が呻くなり息を詰め、ガクガクと狂おしいオルガスムスの痙攣を開始した。彼女は大声を上げたりせず、じっと黙って絶頂の快感を噛み締めるタイプのようだった。

勇二も続いて、肉襞の摩擦と息の匂いの中で昇り詰めてしまった。

「く……！」

快感に呻きながら股間を突き上げ、熱い大量のザーメンをドクンドクンと勢いよくほとばしらせ、柔肉の奥深い部分を直撃した。

「ヒッ……、熱いわ、感じる……！」

噴出を受け止めると千佳がビクリと反応して息を呑み、駄目押しの快感に激しく股間を擦り付けてきた。

コリコリする恥骨の膨らみが痛いほど押し付けられ、勇二は収縮の中で心置きなく最後の一滴まで出し尽くしていった。

満足しながら突き上げを弱めていくと、

「アア……、すごく良かったわ……」

千佳も声を洩らして肌の強ばりを解き、グッタリと体重を預けてきた。

勇二は重みを受け止め、まだ息づく膣内でヒクヒクと過敏に幹を跳ね上げた。

そして、熱くかぐわしいシナモン臭の吐息を嗅いで、うっとりと快感の余韻を味わった。

「か、感じすぎるから離れるわね……」

敏感になっている千佳がそう言って、そろそろと股間を引き離していった。

しかし診察ベッドは狭いから添い寝までは出来ないので、端に座って彼にもたれかかった。

そして愛液とザーメンにまみれている亀頭にしゃぶり付き、ヌメリを舐め取ってくれたのだ。

どうやら前の彼氏は、彼女の爪先や肛門は舐めないくせに、事後のクリーニングフェラだけは習慣にさせていたのかも知れない。

「あう……、も、もういいよ、有難う……」

勇二はクネクネと腰をよじらせ、降参するように呻いた。ようやく千佳も、舌を引っ込めて顔を上げた。

「母屋のバスルームを借りちゃいましょう」

千佳が言って、乱れた白衣とブラを脱ぎ去ったので、勇二も呼吸を整えてベッドを降り、全裸のまま一緒に診察室を出た。

そして待合室から母屋に行くと、すぐそこが洗面所とバスルームになっていたのである。診察中の患者を、急に洗うような事態になった時のため、近くに設計されていたのだろう。

千佳がシャワーの湯を出し、互いの全身を洗い流した。もう千佳のナースの印象は薄れ、普通の全裸美女であった。

「ね、オシッコ出すところ見たい」

勇二が床に座って言うと、

「恥ずかしいわ……、でも、そろそろ出るかも……」

千佳が息を詰め、それでも拒まずに答えてくれた。

「じゃ立って、よく見えるように自分で割れ目を広げてね」

彼がせがむと、千佳は恐る恐る立ち上がって股間を向けて股を開き、自ら指で陰唇を左右に広げてくれた。

顔を埋めて舌を挿し入れると、すぐにも新たな愛液が滲んできた。

「ああ、匂いが消えちゃった」

「さ、さっきはすごく匂った……？」

濡れた恥毛に鼻を埋めながら言うと、千佳がか細く訊いてきた。

「うん、すごく色っぽい匂いが濃く沁み付いていたよ」

「アアッ……！」

千佳は喘ぎ、ガクガクと膝を震わせてさらに愛液を漏らした。

「で、出そうよ……、いいの？　顔にかかっても……」

「うん、して」

言うと千佳も息を詰め、本格的に尿意を高めはじめた。舐めると柔肉が蠢き、すぐにも味と温もりが変わってきた。

「あう、出ちゃう……」

彼女が言うと同時に、熱い流れがチョロチョロとほとばしって勇二の舌を濡らしてきた。彼は、やや濃い味と匂いを貪りながら、喉に流し込んで甘美な悦びで胸を満たした。

「アア……、変な気持ち……」

千佳は放尿の勢いを増しながら喘いだ。すぐに流れは治まって、済んだのかと思ったが、まるで射精するようにピュッと再度ほとばしり、それが何度か繰り返され、次第に勢いも弱まって完全に放尿を終えた。

勇二は残り香の中で舌を這わせ、余りの雫をすすり、割れ目内部を舐め回した。

「く……、も、もうダメよ……」

千佳が感じて呻き、そのまま椅子に座り込んでしまった。

勇二は、もう一度互いの身体をシャワーで流した。

「すごいわ、もうこんなに勃っているのね……」

千佳が、すっかりピンピンに回復しているペニスを見て、目をキラキラさせて言った。彼女もまだ、欲望をくすぶらせているのだろう。

やがて二人は立ち上がって身体を拭き、バスルームを出ると、また全裸のまま診察ベッドへと戻っていった。

3

「また入れてもいい？」

「ええ、もちろん。もう濡れているからすぐ入れていいわ」

言うと千佳も答え、すっかり二ラウンド目をする気になっていた。

「後ろからして……」

彼女が積極的に要求し、ベッドの上で四つん這いになると、顔を伏せて尻を持ち上げてきた。

勇二も膝を突いて股間を進め、突き出された尻を抱えると、バックから先端を膣口に押し当て、感触を味わいながらゆっくりと挿入していった。

向かい合わせとは微妙に異なる摩擦快感があり、たちまち急角度に反ったペニスはヌルヌルッと滑らかに根元まで潜り込んだ。

「アアッ、いい……！」

千佳が白く滑らかな背中を反らせて喘ぎ、キュッときつく締め付けてきた。

勇二も温もりと締め付けを味わいながら、膣内の感触ばかりでなく、股間に当たって弾む尻の丸みに快感を高めた。なるほど、この尻の感触が、いかにもバックからしているという実感となった。

「つ、突いて……」

千佳が顔を伏せたまませがみ、待ちきれないように尻を前後させてきた。

勇二が腰を抱えて股間を前後させて動きを合わせると、ぎこちなかった動きもすぐリズミカルになり、下腹部が尻に当たる音が響いた。

さらに彼女の背に覆いかぶさり、両脇から回した手で乳房を揉みしだき、ショートカットの髪に鼻を埋めて匂いを嗅いだ。

しかし互いの動きが一致し、摩擦快感と尻の感触は気持ち良いが、やはり顔が見えないのが物足りない。どうしてもフェチックな行為を好む彼は、美女の唾液や吐息が味わえないと萌《も》えないのである。

やがて動きを止めて身を起こし、彼はいったんヌルッと引き抜いた。

「あう……、ダメ……」

「今度は横向きになって」

快感を中断された千佳が不満げに呻いたが、勇二が言って横向きにさせると、彼女も素直に従った。

脚を伸ばさせ、上の脚を真上に持ち上げて彼は下の内腿に跨がった。

そして松葉くずしの体位で再び深々と挿入。股間を密着させると、勇二は彼女の上の脚に両手でしがみついた。

「アア……、変な感じ……」

この体位は初めてらしい千佳が喘ぎ、横向きのまま色っぽい表情を見せた。

勇二が腰を動かしはじめると、互いの股間が交差しているから密着感が高まり、膣内の感触ばかりでなく、擦れ合う内腿の滑らかな弾力も心地よかった。

しかし、やはりこれでも顔に近づけないので、この体位を少し味わっただけで再び引き抜いた。

そして千佳を仰向けにさせて正常位で挿入し、身を重ねていくと、

「もう抜かないで……」

彼女が言い、下から両手両足で勇二にしがみついてきた。

胸で柔らかな乳房を押しつぶし、心地よい弾力を味わいながらズンズンと腰を突き動かすと、

「ああ……、いいわ、いきそう……！」

千佳もすぐに高まって声を洩らし、股間を突き上げて律動を合わせてきた。

勇二は上からピッタリと唇を重ね、ネットリと舌をからめながら、股間をぶつけるように動き続けると、

「ンンッ……！」

彼女が熱く呻き、大量の愛液で股間を濡らし、ピチャクチャと淫らに湿った摩擦音を立てた。

「アア……、い、いっちゃうわ……！」

口を離した千佳が喘ぎ、勇二も彼女の悩ましいシナモン臭の吐息で鼻腔を刺激されながら昇り詰めてしまった。

「く……！」

絶頂の快感に呻き、ドクドクとありったけのザーメンを注入すると、

「あぁッ……、気持ちいいわ、いく……！」

千佳も噴出を感じた途端オルガスムスに達し、声を上ずらせながらガクガクと狂おしい痙攣を繰り返した。

膣内の収縮も最高潮になり、勇二は心ゆくまで快感を味わい、最後の一滴まで美人ナースの柔肉の奥に出し尽くしていったのだった。

すっかり気が済んで動きを弱めていくと、

「アア……、もうダメ……」

千佳が言い、力尽きたように硬直を解いてグッタリと身を投げ出していった。

勇二は息づく膣内で満足げにヒクヒクと幹を震わせ、彼女の熱い吐息を嗅ぎながらうっとりと快感の余韻を嚙み締めたのだった。

4

「お帰りなさい。旅行は楽しかったですか」

勇二は、駅で奈保美に会って言った。彼女は小さなバッグだけで、旅行カバンなどは駅のコインロッカーに入れているようだった。

「ええ、とても。いま耶江に会って、これから静岡に帰るところ」

奈保美が答え、勇二も彼女からのメールを受けた時から淫気満々で股間を熱くさせていた。

「じゃ、あそこに入りましょうか」

勇二が駅裏のラブホテルを指して言うと、彼女も従った。

「何だか、年中上京したくなっちゃうわ……」

奈保美が言い、二人で足早にホテルに入り、手早くパネルから部屋を選び勇二が支払いをしてエレベーターに乗った。

彼女も相当に淫気を高めているように、生ぬるく甘い匂いを漂わせていた。

密室に入ると、すぐにも二人で脱ぎはじめた。もちろん勇二は出がけに、念入りに歯磨きとシャワーを終えている。

奈保美は、今朝も旅館で朝風呂に入っただろうが、午前中は友人と歩き回り、東京に戻って解散してからも、だいぶ時間が経っているから濃厚に汗の匂いが沁み付いていることだろう。

互いに全裸になりベッドに横になると、

「アア、会いたかったわ……」

奈保美が感極まったように熟れ肌を寄せて言い、勇二を抱きすくめてきた。

彼も胸に抱かれながらジットリ汗ばんだ腋の下に鼻を埋め、巨乳に手を這わせながら最大限に勃起していた。

ほんのり湿った柔らかな腋毛に鼻を擦り付けて嗅ぐと、ミルクのように甘ったるい汗の匂いが濃厚に鼻腔を満たし、その刺激がペニスに伝わりヒクヒクと震えた。

嗅ぎながら指の腹でクリクリと乳首をいじり、大きな膨らみをそっと摑むと、

「ああ……、いい気持ち……」

奈保美がクネクネと悶えながら熱く喘いだ。

勇二は四十歳を目前にした美熟女の体臭で胸を満たし、やがて移動してチュッと乳首に吸い付いていった。

彼女が仰向けになると、勇二はのしかかって乳首を舌で転がし、顔中を豊かな膨らみに押し付けて感触を味わった。

そして生ぬるい体臭に包まれながら左右の乳首を交互に含んで舐め回し、時に軽く歯を立てると、

「あう、もっと強く……」

奈保美が呻き、強い刺激をせがんだ。勇二も両の乳首を舌と歯で充分に愛撫してから、白く滑らかな熟れ肌を舐め降りていった。

形良い臍を舐め、張り詰めた腹部に顔中を押し付けて弾力を味わい、豊満な腰からムッチリした太腿をたどった。脚を舐め降りると、脛の体毛が艶めかしく、勇二は念入りに舌触りを味わった。

足裏にも顔を押し付けて踵から土踏まずを舐め、形良く揃った指の間に鼻を割り込ませて嗅ぐと、やはりそこはジットリと汗と脂に湿り、ムレムレの匂いが濃厚に沁み付いて鼻腔を刺激してきた。

「ああッ、ダメ……」

充分に嗅いでから爪先にしゃぶり付き、全ての指の股に舌を挿し入れて味わうと、奈保美がビクッと反応して喘いだ。

勇二は両足とも執拗に味と匂いを貪り尽くし、やがて大股開きにさせて脚の内側を舐め上げていった。

弾力と量感ある内腿に舌を這わせ、軽くキュッと歯を立てると、

「く……、もっと嚙んで……」

奈保美がせがみ、左右の内腿を小刻みに嚙むと、股間から発する熱気と湿り気が悩ましい匂いを含んで彼の顔中を包み込んできた。

やがて勇二は、彼女の割れ目に近々と顔を寄せた。

ふっくらした丘には黒々と艶のある恥毛が茂り、割れ目からはみ出した陰唇を指で広げると、かつて耶江が産まれ出てきた膣口が、大量の愛液にヌメヌメと潤い、襞を入り組ませて息づいていた。

小さな尿道口もはっきり見え、光沢あるクリトリスが包皮を押し上げるようにツンと突き立っていた。

「ああ、見ないで、恥ずかしいわ……」

奈保美がヒクヒクと下腹を波打たせ、声を震わせて言った。

「ね、オマ×コお舐めって言って」

「そ、そんなこと言えないわ……」

股間から言うと、奈保美が驚いたようにビクリと反応して答え、さらにトロトロと多くの愛液を漏らしてきた。

「言わないと舐めてあげない」

「い、意地悪ね……、早く、オ……、オマ×コ舐めて……、アアッ……！」

奈保美がか細く言うと、彼女は自分の言葉に激しく感じて、トロリと愛液を溢れさせた。

勇二も、もう焦らさずに顔を埋め込んでいった。

柔らかな茂みには生ぬるく濃厚な汗とオシッコの匂いが沁み付き、彼は鼻腔を満たしながら舌を挿し入れていった。

淡い酸味のヌメリを掻き回し、膣口からクリトリスまで舐め上げていくと、

「アア……、いい気持ち……！」

奈保美が身を弓なりにさせて喘ぎ、内腿でムッチリときつく彼の両頬を挟み付けてきた。

勇二は腰を抱えて匂いを貪り、チロチロと執拗にクリトリスを刺激しては、大量に溢れる愛液をすすった。さらに両脚を浮かせて尻の谷間に鼻を埋め、蕾に籠《こ》もる蒸れた匂いで鼻腔を満たしてから、舌を這わせてヌルッと潜り込ませた。

「く……！」

奈保美が呻き、モグモグと味わうように肛門で舌先を締め付けてきた。

彼は中で舌を蠢かせてから引き離し、左手の人差し指を肛門に潜り込ませ、濡れた膣口にも右手の二本の指を潜り込ませた。

さらに再びクリトリスに吸い付くと、

「あう、ダメ、すぐいっちゃいそうよ……！」

三点責めに、奈保美が激しく腰をくねらせて言った。

勇二は前後の穴の中で指を蠢かせ、内壁を小刻みに擦った。

「い、いく……、アアーッ……！」

とうとう声を上ずらせ、ガクガクと狂おしい痙攣を起こしながら彼女はオルガスムスに達してしまった。同時にきつく指が締め付けられ、ピュッと潮を噴くように愛液がほとばしった。

「ああ……」

奈保美は声を洩らし、そのまま力尽きたようにグッタリと身を投げ出した。

勇二も舌を引っ込め、前後の穴からヌルッと指を引き抜いた。

「く……」

抜ける刺激に駄目押しの快感を得たように呻き、荒い呼吸を繰り返す彼女に勇二は添い寝していった。

右手の指は、攪拌されて白っぽく濁った愛液にまみれ、左手の指は悩ましい微香が感じられた。

「き、気持ち良かったけど、やっぱり一つになりたいわ……」

奈保美が喘ぎながら詰《なじ》るように言い、少し呼吸を整えてから手を伸ばしてペニスを愛撫してくれた。

そして身を起こし、仰向けの勇二の股間に移動してきたので、彼も自ら両脚を浮かせ、尻の谷間を指で広げた。

「ここ舐めて……」

甘えるように言うと彼女も屈み込み、熱い息を吐きかけながらチロチロと肛門を舐め回し、ヌルッと舌を潜り込ませてくれた。

「あう……」

受け身に転じた勇二も快感に呻き、キュッと美熟女の舌先を肛門で締め付けた。

奈保美は舌を蠢かせ、やがて彼が脚を下ろすと、すぐ陰嚢にしゃぶり付いた。

彼は股間に熱い息を受け、滑らかな舌で睾丸を転がされ、せがむようにヒクヒクとペニスを上下させた。

すると彼女も察したように前進し、肉棒の裏側をゆっくり舐め上げ、先端まで来て粘液の滲む尿道口をチロチロと舐め、丸く開いた口でスッポリと根元まで呑み込んでいった。

「アア……」

勇二は深々と含まれ、温かく濡れた美女の口の中でヒクヒクと幹を震わせると、彼女も上気した頬をすぼめて吸い付いた。

「ンン……」

奈保美は熱く鼻を鳴らし、口の中ではクチュクチュと舌をからめ、たっぷりと唾液にまみれさせてくれた。そして顔を上下に動かし、貪るようにスポスポと摩擦してきたので、

「い、いきそう、入れたい……、跨いで入れて……」

すっかり高まった勇二が言うと、すぐに彼女もスポンと口を引き離した。

そのまま前進して彼の股間に跨がり、奈保美は先端に割れ目を押し当ててきた。

やはり舌と指で果てた直後でも、一つになる感覚は格別らしい。

奈保美は息を詰め、ゆっくりと腰を沈み込ませながら、ヌルヌルッと滑らかに彼自身を受け入れていった。

「アアッ……、いいわ、すごく……」

根元まで嵌め込んだ彼女が顔を仰け反らせて喘ぎ、座り込んでピッタリと股間を密着させてきた。

勇二も温もりと潤い、締め付けと摩擦に包まれながら、内部でヒクヒクと歓喜に幹を震わせた。そして両手を伸ばして抱き寄せると、奈保美も巨乳を揺すって身を重ねてきた。

唇を求めると彼女も重ね合わせ、互いにネットリと舌をからめた。

勇二は下からしがみつきながら、奈保美の生温かな唾液をすすり、滑らかな舌を味わいながらズンズンと股間を突き上げはじめた。

「ああ……、いい気持ち……」

奈保美が口を離し、淫らに唾液の糸を引きながら顔を寄せて喘いだ。

口から洩れる息は白粉のように甘い匂いで、淡く混じるオニオン臭の刺激も悩ましく彼の鼻腔を搔き回してきた。

「顔中ヌルヌルにして……」

せがむと、奈保美も彼の顔にトロリと唾液を垂らし、舌で塗り付けてくれた。

「ああ、いきそう……」

勇二は急激に高まり、顔中を奈保美の唾液にヌラヌラとまみれさせ、匂いに酔いしれながら股間の突き上げを強めた。

彼が経験した女性の中で、奈保美は唯一の子持ちなので、その膣内に合わせてペニスの長さと太さを調整し、内壁を小刻みに擦りながら先端で奥深い部分を断続的に突き上げた。

「あうう、すごいわ、いっちゃう……、アアーッ……！」

とうとう先に奈保美が声を上ずらせ、ガクガクと狂おしいオルガスムスの痙攣を開始してしまった。

膣内の収縮も最高潮になり、勇二も彼女の唾液と吐息の匂いに肉襞の摩擦の中で激しく昇り詰めた。

「く……」

突き上がる大きな絶頂の快感に呻き、彼はありったけの熱いザーメンをドクンドクンと勢いよくほとばしらせ、深い部分を直撃した。

「アア……、感じる……！」

噴出を受け止めた奈保美は、さらなる快感に喘ぎ、飲み込むようにキュッキュッと膣内を締め付けた。

勇二は快感を嚙み締め、心置きなく最後の一滴まで出し尽くし、満足しながら徐々に突き上げを弱めていった。

「ああ……、すごかったわ……」

すると奈保美も満足げに声を洩らし、熟れ肌の強ばりを解きながらグッタリと遠慮なく彼に体重を預けてきた。膣内は名残惜しげな収縮が繰り返され、刺激されたペニスがヒクヒクと過敏に震えた。

「どうか、上京する時は連絡するので、また会ってね……」

「ええ、もちろんです」

彼女が囁くと勇二も答え、湿り気ある熱く甘い吐息を嗅ぎながら、うっとりと快感の余韻に浸り込んでいったのだった。

5

「この間は済まなかった。どうかしていたんだ」

勇二が学内を歩いていると、川津圭助が近づいてきて言った。グスグス鼻をすっているので、池に投げ込まれた時から風邪気味なのかも知れない。

「いいえ、もう僕に関わってこなければ、それでいいんです。それから真紗枝さんにも」

「ああ、分かっている。完全に諦めたので、もう彼女にも近づかないよ」

彼が言うと、圭助も素直に答えた。

「それにしても、はっきりと手応えがあったのに、なぜカッターで切れず痕も残らないんだ」

圭助が、カッターで切り裂いたはずの彼の顔を見て言った。

「切ったと思ったのは酔いによる錯覚でしょう」

「いや、そんなはずはない……、まあ結果的に、俺は人を傷つけずに助かったわけだが……」

圭助は勇二を見つめながら言ったが、すぐに視線を落とした。

「どうやら世の中には、信じられないぐらいすごい奴がいるってことだな……。じゃもう話しかけないからな」

そう言い、圭助は立ち去っていった。

それを見送り、勇二が歩きはじめると、そこへ白衣姿の真紗枝が来た。

「何を話していたの？」

「ええ、先日のことを謝ってきました。真紗枝さんにも近づかないようです」

「ええ、私にも、最後のメールがあったわ。どうやら完全に諦めてくれたみたい」

「そうですか。良かった」

勇二が答えると、真紗枝は促すように歩きはじめた。

「いい？　少しだけ」

彼女は言い、勇二を医学部の棟に誘った。従うと、真紗枝は彼を由紀子の研究室の奥にある小部屋に入った。

「由紀子先生は会議中だから、ここへは誰も来ないわ」

真紗枝は言ってドアを内側からロックした。もちろん互いの淫気が伝わり合っているので、すぐにも彼は勃起してきた。

それを察したように真紗枝が床に膝を突き、立っている彼のベルトを解くと、下着ごとズボンを下げた。

彼女の鼻先で、ぶるんとバネ仕掛けのようにペニスがそそり立った。

「ああ、勃ってる、嬉しいわ……」

真紗枝はうっとりした眼差しで彼を見上げて言い、幹に指を添えると舌を伸ばし、裏側から先端までペローリと舐め上げてきた。

滑らかな舌が先端に来るとチロチロと尿道口を舐め回し、亀頭にしゃぶり付くと、そのままスッポリと根元まで呑み込んでいった。

「ああ……」

勇二は立ったまま膝を震わせて喘ぎ、唾液にまみれた幹をヒクヒク震わせた。

真紗枝は頬をすぼめて吸い、熱い息を籠もらせながらクチュクチュと舌をからめ、白衣とブラウスのボタンを外しはじめた。

さらに彼女は顔を前後させ、スポスポと激しく摩擦してくれた。

勇二が高まると、彼が降参する前に真紗枝はスポンと口を引き離し、裾をめくって下着まで脱ぎ去りながら、ソファーベッドに仰向けになった。そしてブラを上にずらし、形良い乳房まで露わにしたのだ。

「入れて、すぐ欲しいの……」

言われて、勇二も完全にズボンと下着を脱ぎ去り、下半身丸出しになって彼女に迫った。

もちろんすぐ入れるようなことはせず、彼女の股間に屈み込み茂みに鼻を擦り付けて嗅いだ。

「あう、そんなことせず入れてほしいのに……」

真紗枝は呻いたが、もちろん拒みはしなかった。

恥毛の隅々には、今日も濃厚に蒸れた汗とオシッコの匂いが籠もり、勇二は貪りながら舌を這わせていった。

挿入を望むだけあり、すでに愛液が大洪水になって舌が滑らかに動いた。

彼は膣口を探って淡い酸味のヌメリをすすり、クリトリスまで舐め上げた。

「アアッ……！」

真紗枝が身を反らせ、熱く喘ぎながら内腿で彼の顔を挟み付けた。

勇二も念入りにチロチロとクリトリスを舐め、味と匂いを堪能した。

さらに彼女の両脚を浮かせ、尻の谷間に鼻を埋めて顔中で双丘の弾力を味わった。

ピンクの蕾に籠もる蒸れた微香を貪り、舌を這わせてヌルッと潜り込ませ、滑らかな粘膜を探ると、

「も、もういいわ……、お願い、来て……」

真紗枝が脚を下ろし、白い下腹をヒクヒク波打たせてせがんだ。

ようやく勇二も顔を上げて前進し、幹に指を添えて先端を濡れた割れ目に押し付けた。そしてヌルヌルと擦り付けて膣口に位置を定め、感触を味わいながらゆっくりと挿入していった。

肉棒が滑らかに根元まで潜り込むと、

「ああッ……、いい……！」

真紗枝が顔を仰け反らせて喘ぎ、両手を伸ばして彼を抱き寄せた。

勇二も摩擦快感と温もりを味わいながら、股間を密着させて脚を伸ばし、身を重ねていくと彼女が下から激しくしがみついた。

まだ動かずに屈み込み、左右の乳首を交互に含んで舌で転がすと、乱れた白衣の中

から生ぬるく甘ったるい汗の匂いが漂ってきた。

「つ、突いて、何度も強く奥まで……」

真紗枝が言って、自分からズンズンと股間を突き上げてきた。

勇二も股間をぶつけるように動かしながら、彼女の首筋を舐め上げて唇を重ねていった。

「ンンッ……！」

真紗枝が熱く呻き、ネットリと舌をからみつけてきた。

彼も滑らかに蠢く舌を味わい、生温かな唾液をすすりながら高まっていった。

「アア、いきそうよ……」

真紗枝が口を離して喘いだ。熱く湿り気ある吐息は濃厚な花粉臭を含み、勇二の鼻腔を悩ましく刺激した。

そして女の匂いと肉襞の摩擦で、先に彼は昇り詰めてしまった。

「いく……！」

突き上がる絶頂の快感に短く呻き、彼は熱い大量のザーメンをドクンドクンと勢いよく注入した。

「き、気持ちいいわ……、アアーッ……！」

噴出を感じた真紗枝も、激しく声を上ずらせて絶頂に達した。
彼を乗せたままガクガクと狂おしく腰を跳ね上げ、彼女はオルガスムスの波に痙攣し続けた。

勇二は収縮の渦の中で心ゆくまで快感を噛み締め、最後の一滴まで出し尽くしていった。

徐々に力を抜いていった。動きを弱め、乱れた白衣の美女にグッタリともたれかかっていくと、

「ああ……、すごい……」

真紗枝も満足げに声を洩らして硬直を解き、身を投げ出していった。

勇二はキュッキュッと収縮する膣内で、ヒクヒクと過敏に幹を震わせ、彼女の吐息を嗅ぎながら余韻を味わった。

「君と出会ってから、急にしたくなって困るわ……」

真紗枝が、荒い息遣いを繰り返しながら言った。

由紀子の話では、彼のザーメンを女性が吸入しても、何ら超人的な力は宿らないと言っていた。ただ、やはり快楽には貪欲になり、激しく彼を求めたくなってしまうようだ。

まるで女性たちが、自らヤマタノオロチの生け贄になるのを望むかのようである。

やがて勇二は呼吸を整え、そろそろと身を起こしていった。

すると真紗枝もティッシュを手にし、ペニスが抜けた割れ目に押し当てて拭いながら、彼の手を握って股間を顔に引き寄せた。

そして愛液とザーメンに濡れた亀頭にしゃぶり付き、念入りに舌をからめてきた。

「あう、いいのに……」

勇二は、横たわったままの彼女の口に股間を押し付けながら呻いた。

真紗枝は根元まで深々と呑み込んで吸い付き、執拗に舌を蠢かせてヌメリをすすってくれた。

「も、もういいです……、どうも……」

勇二は腰をくねらせて言い、彼女の口からペニスを引き抜いた。

すると真紗枝も身を起こしてソファーに座り、乱れたブラを直してブラウスのボタンをはめた。

「ああ、満足……」

彼女も呼吸をしずめて言い、立ち上がって下着を穿き、身繕いして白衣を整えた。

「本当は、後輩の女子剣道部の稽古を見てもらいたいのだけど、みんなが君に夢中になるのは困るわ」

真紗枝が言い、勇二も身繕いをした。

「じゃ、僕は帰りますね。ではまた」

勇二は言い、研究室を出た。そして大学を出て、真っ直ぐ帰宅した。

以前は、誰か女性を自宅に呼んでセックスをし、隠し撮りした映像でオナニーしようと考えたこともあったが、そんなことをしなくても、日々いくらでも女性が相手をしてくれるようになってしまった。

そして実際、もうオナニーなどしていないのである。だから、どんなに興奮する映像が撮れても、もう意味がなかった。

するとその時、耶江からラインが入った。

明日の昼過ぎ、沙也香と一緒に遊びに行っても良いかという内容である。明日は土曜で休みだった。

（まさか、二人を相手に……？）

勇二は期待に胸を弾ませた。十八歳の耶江に、二十一の沙也香だ。沙也香は以前から耶江にレズっぽい感情を抱いていたようだが、その二人が来るというので、３Ｐになる可能性は高かった。

そうなると彼は、やはり隠し撮りしようかという気持ちになってしまった。

美女と美少女の二人を相手にするなど、そう滅多にあることではないだろう。

しかし、準備まで考えて、結局勇二は隠し撮りを止めた。

やはりカメラがあると、気になって集中出来ないだろう。それよりは、貴重な二人相手のセックスに専念した方が良い。

そう思った勇二は、とにかく部屋の掃除だけしておいて、熱烈に明日を楽しみにしたのであった。

第六章　果てなき快感パワー

1

「わあ、大きなおうち」

勇二の家に入ると、耶江が言って室内を見回し、沙也香も上がり込んできた。

彼は二人を二階の自室に招き、早くも痛いほど股間が突っ張ってしまった。

勇二が椅子に座ると、二人もすぐベッドに並んで腰掛けた。

「今日は、二人で勇二さんを味わいたいの」

沙也香が身を乗り出すようにして、いきなり大胆に本題を切り出してきた。

耶江も、興味深げに目を輝かせているので、すでに二人の打ち合わせは済んでいるようだった。

いや、あるいは二人は女同士で本格的に戯れてしまい、そこで共通の男である勇二の話題が出て、今日の３Ｐが計画されたのかも知れない。

「うん、じゃ脱ごうか」

勇二も言って立ち上がり、手早く脱ぎはじめた。もちろん昼食後に、歯磨きとシャワーは済ませている。

すると二人も立ち上がって、ためらいなく脱ぎはじめたのだった。

たちまち室内に、二人の女子大生の甘ったるい匂いが混じり、熱気が生ぬるく立ち籠めはじめた。

「じゃ、真ん中に寝て」

勇二が全裸になると、脱ぎながら沙也香が言い、彼も素直にベッドに仰向けになっていった。二人も全て脱ぎ去り、一糸まとわぬ姿でベッドに上り、左右から彼を挟み付けた。

「いい？　最初はじっとして、私たちの好きにさせて」

メガネだけは外さずにいた沙也香が言い、耶江と一緒に左右から彼の両の乳首にチュッと吸い付いてきた。

「あう……！」

勇二は唐突な快感に呻き、ビクリと硬直した。やはりダブルの愛撫は、快感も倍である。

二人は熱い息で肌をくすぐりながら、それぞれの乳首を舐め回し、チュッチュッと音を立てて吸い付いてくれた。

「か、嚙んで……」

身悶えながら言うと、二人も綺麗な歯並びでキュッと乳首に歯を立ててきた。

「アア、気持ちいい、もっと強く……」

さらにせがむと、二人もやや力を込め、咀嚼《そしやく》するようにキュッキュッと嚙んでくれた。もちろん痛みには強い身体だし、二人も渾身の力で嚙むわけではないから、鋼鉄の肉体に変化することはなかった。

非対称の刺激で嚙まれるたび、甘美な悦びが胸いっぱいに広がり、否応なく全身がクネクネと悶えてしまった。

二人は充分に乳首を愛撫してから、申し合わせたように肌をたどり、日頃彼がしているように股間を避け、腰から太腿、脚を舐め降りていった。

ときにキュッと歯が食い込むので、勇二は美女たちに食べられているような興奮と快感を得た。

そして二人は勇二の左右の足裏を舐め、爪先にまでしゃぶり付いて、指の股にヌルッと舌を割り込ませてきたのである。

「く……、いいよ、そんなことしなくても……」

勇二は申し訳ないような快感に呻いたが、二人は全ての指の間を念入りにしゃぶってくれた。

愛撫して彼を感じさせようというよりも、美しい牝獣たちが、あくまで自分のために男を賞味しているようだった。

両足の爪先が彼女たちの唾液にまみれると、彼は生温かなヌカルミでも踏んでいるような心地で、それぞれの舌先を指で挟み付けた。

やがてしゃぶり尽くすと二人は彼を大股開きにさせ、今度は脚の内側を舐め上げ、内腿にもキュッと歯を食い込ませた。

「アア……！」

勇二は刺激に喘ぎ、ピンピンに勃起したペニスの先端から粘液を滲ませた。このままでは、二人の愛撫がペニスに達する前に漏らしてしまいそうだった。

次第に二人の顔が這い上がって中心部に迫り、やがて頬を寄せ合い、混じり合った熱い息が股間に籠もった。

するといよいよ股間に達するというところで沙也香が勇二の両脚を浮かせ、まず尻の谷間に舌を這わせてきたのである。

「あう……」

肛門にチロチロと舌が這い、ヌルッと潜り込んでくると勇二は呻き、舌先をキュッと締め付けた。

そして沙也香が内部で舌を蠢かし、すぐに離れると、すかさず耶江が同じように舐め回し、潜り込ませてきたのだった。

「く……、気持ちいい……」

勇二は快感に呻き、モグモグと耶江の舌先を味わうように締め付けた。

立て続けに二人の舌が入ると、温もりや感触の微妙な違いが分かり、それぞれに彼の興奮を高めてくれた。

ようやく脚が下ろされると、二人は同時に陰嚢にしゃぶり付き、舌で睾丸を転がして吸い付いた。

まるで二匹の子猫が顔を寄せ合って、ひと皿の餌を貪っているようだ。

たちまち袋全体は二人分の唾液に生温かくまみれ、いよいよ二人は身を乗り出して肉棒の裏側と側面を舐め上げてきた。

「ああ、い、いきそう……」

勇二は激しく高まって警告を発したが、二人は強烈な愛撫を止めなかった。

滑らかな舌が肉棒を舐め上げて先端まで来ると、二人交互に粘液の滲む尿道口をチロチロと舐め回してきた。

そして張り詰めた亀頭をしゃぶり、熱い息が股間に籠もった。

女同士の舌が触れ合っても気にならないようなので、やはりレズ体験もしているのだろう。

交互にスッポリと含まれ、舌が蠢き、吸い付きながらスポンと離れると、すかさずもう一人が同じように呑み込んで吸い付いた。

これも、二人の温もりや感触が微妙に異なり、勇二は贅沢な快感に絶頂を迫らせていった。

さらに二人は顔を上下させ、小刻みにスポスポと強烈な摩擦を代わる代わる繰り返したのだった。

「い、いく……、アアッ……！」

勇二は、もうどちらの口に含まれているかも分からなくなり、温かく混じり合った唾液にまみれながら、とうとう昇り詰めて喘いだ。

同時に、熱い大量のザーメンがドクンドクンと勢いよくほとばしり、

「ク……」

ちょうど含んでいた耶江の喉の奥を直撃し、彼女が呻いた。

すると沙也香が奪うように彼女の口を離させて亀頭を含み、余りを吸い出してくれたのだった。

もちろん耶江は、濃厚な第一撃を飲み込んでくれたようだ。

「ンン……」

沙也香は上気した頬をすぼめて吸い、勇二は魂まで吸い取られそうな勢いに思わず腰を浮かせて身を反らせた。やがて快感に悶えながら心置きなく最後の一滴まで絞り尽くすと、彼はグッタリと力を抜いて身を投げ出した。

ようやく沙也香も動きを止め、亀頭を含んだまま口に溜まったザーメンをゴクリと飲み干してくれた。

「あう……」

嚥下と同時に口腔がキュッと締まり、彼は駄目押しの快感に呻いた。

沙也香もスポンと口を離すと、なおも余りをしごくように幹を握って動かし、耶江と二人で顔を寄せてきた。

そして尿道口に脹らむ白濁の雫を、二人がかりでペロペロと念入りに舐め取ってくれたのだった。

「あうう……、も、もういい、有難う……」

勇二はクネクネと腰をよじり、過敏にヒクヒクと幹を震わせながら降参した。

やっと二人も舌を引っ込めて顔を上げ、彼は身を投げ出して荒い息遣いを繰り返しながら余韻に浸った。

「ね、何でもしてあげるから言って、早く勃《た》たせて」

沙也香が言い、もちろん勇二も一度の射精で済むはずもなく、すぐにも胸を高鳴らせて答えていた。

「顔の左右に立って、足の裏を乗せて」

「いいわ」

勇二が言うと、沙也香も彼の性癖を分かりはじめているように頷き、耶江を促して一緒に立ち上がった。

顔の左右に立つと、仰向けの彼からは、二人のニョッキリした健康的な脚が上に伸びており、股間の潤いまで見て取れた。そして二人は身体を支え合いながら片方の足を浮かせ、そっと彼の顔に乗せてきた。

「ああ……」

勇二は、二人分の足裏の感触を顔中に受けて喘いだ。

二人も、たまにバランスを崩すとギュッと踏みつけてきた。彼はそれぞれの足裏に舌を這わせ、交互に指の股に鼻を割り込ませて嗅いだ。

朝から二人で動き回っていたのか、どちらも指の間は生ぬるい汗と脂にジットリ湿り、ムレムレの匂いが濃厚に沁み付いて鼻腔を刺激した。

彼は蒸れた匂いを貪りながら、爪先にしゃぶり付いていった。

2

「あん……、くすぐったいわ……」

勇二が指の股にヌルッと舌を挿し入れて味わうと、耶江がビクリと脚を震わせて喘いだ。

沙也香の足も舐めると、膝がガクガクと震え、割れ目から溢れる大量の蜜が内腿にまで流れはじめているのが見えた。

やがて足を交代してもらい、彼はそちらも新鮮な味と匂いを貪り尽くした。

「じゃ、顔に跨がってしゃがんで」

仰向けのまま勇二が口を離して言うと、年長者からということなのか、先に沙也香が跨がり、和式トイレスタイルでしゃがみ込んできた。

脚がM字になると、太腿と脹ら脛がムッチリと張り詰め、熱い愛液にまみれた割れ目が彼の鼻先に迫ってきた。

割れ目から発する熱気が勇二の顔中を包み込み、陰唇が僅かに開いて光沢あるクリトリスが覗いていた。

彼は腰を抱き寄せ、柔らかな茂みに鼻を埋め込み、擦り付けて嗅いだ。

隅々には濃厚に甘ったるい汗の匂いと、ほのかなオシッコの匂いがムレムレになって籠もり、悩ましく勇二の鼻腔を掻き回してきた。

彼は匂いを貪り、舌を挿し入れて生温かな淡い酸味のヌメリをすすり、膣口からクリトリスまで舐め上げていった。

「アアッ……、いい気持ち……」

沙也香が喘ぎ、自らも彼の鼻と口にグリグリと割れ目を擦り付けてきた。

勇二は匂いに酔いしれながら懸命にクリトリスを舐め、さらに尻の真下にも潜り込み、谷間に鼻を埋め込んでいった。

弾力ある双丘を顔中に受け止め、蕾に籠もる蒸れた微香を貪ると、たちまち勇二自身はムクムクと雄々しく回復していった。

沙也香の蕾に舌を這わせ、ヌルッと潜り込ませて滑らかな粘膜を探ると、

「あう……！」

彼女が呻き、キュッと肛門で舌先を締め付けてきた。

勇二が舌を蠢かせると、新たな愛液が割れ目から彼の鼻先に滴ってきた。彼は再び割れ目に舌を戻し、大洪水の蜜をすすってクリトリスに吸い付いた。

「ああ、いきそうよ、もういいわ、あとは耶江にしてあげて……」

沙也香が言って股間を引き離すと、すかさず耶江も彼の顔に跨がり、しゃがみ込んで割れ目を迫らせてきた。

「すごい、もうこんなに大きく……」

すると沙也香がペニスを覗き込んで言い、パクッと亀頭にしゃぶり付いて唾液にぬめらせると、すぐにも跨がって腰を沈め、ヌルヌルッと根元まで膣口に受け入れていった。

「アア……、いい……」

沙也香が喘ぎ、完全に座り込んで股間を密着させた。

そして彼女は、前にしゃがみ込んでいる耶江の背に縋《すが》り付いた。

勇二も肉襞の摩擦と締め付けを味わいながら、鼻先にある耶江の割れ目に顔を埋め込んだ。

柔らかな若草に籠もる、汗とオシッコの匂いと、ほのかなチーズ臭で鼻腔を刺激されながら舌を這わせ、清らかな蜜をすすってクリトリスを舐めると、

「あん……、いい気持ち……」

耶江が可憐な声で喘ぎ、思わずギュッと座り込みそうになりながら、懸命に彼の顔の左右で両足を踏ん張った。

勇二がチロチロと耶江のクリトリスを舐めると、ペニスを受け入れている沙也香も腰を上下させはじめ、二人の喘ぎ声がそれぞれ聞こえてきた。

彼は耶江の割れ目の味と匂いを堪能してから、尻の真下に潜り込み、可憐な蕾に鼻を埋めて蒸れた匂いを貪った。

収縮する襞を舐め回し、ヌルッと潜り込ませて粘膜を味わうと、

「あう……！」

耶江も呻き、肛門で舌先をキュッときつく締め付けてきた。

その間も沙也香の動きが早まり、膣内の収縮が活発になってきた。

溢れる愛液が彼の陰嚢の脇を伝い、肛門の方まで生温かく流れてきた。

動きに合わせてクチュクチュと湿った摩擦音が響き、彼もズンズンと股間を突き上げはじめたが、さっき濃厚なダブル口内発射をしたばかりなので、暴発の心配はなかった。

耶江の肛門を離れ、再び割れ目に戻って淡い酸味の蜜をすすり、クリトリスに吸い付くと、

「ああ、ダメ、いきそう……」

耶江が身をくねらせて熱く喘ぎ、まだ絶頂を迎えるのが勿体《もったい》ないようにビクリと股間を引き離してきた。

すると同時に沙也香がガクガクと狂おしい痙攣を開始し、

「い、いく……、アアーッ……！」

声を上ずらせ、オルガスムスに達してしまったのだった。

彼女は粗相したように愛液を漏らし、やがてグッタリともたれかかってヒクヒクと全身を震わせた。

もちろん勇二は保ち続け、摩擦と収縮の快感だけを噛み締めた。

「ああ、良かった……」

沙也香は満足げに声を洩らして肌の硬直を解き、荒い呼吸を繰り返しながら股間を引き離して、耶江のため場所を空けてゴロリと横になった。

すると耶江も、ためらいなく仰向けの勇二の股間に跨がり、沙也香の愛液にまみれ湯気さえ立てている先端に割れ目を押し当ててきたのだった。

「耶江にもピルをあげているから、思いっきり中出しして構わないわ……」

横になったまま、沙也香が呼吸を整えながら言った。

耶江も位置を定めると、ゆっくり腰を沈ませて、ヌルヌルッとペニスを受け入れていった。

「あう……」

耶江が顔を仰け反らせて呻き、根元までおさめて座り込んできた。

しかし、初めてのときほどの痛みはないようで、まして沙也香の凄まじい絶頂を見たばかりだから、自分も得たいと思うようにキュッとペニスを締め上げた。

勇二は、また立て続けに二人の膣内の温もりと感触を味わい、その贅沢な心地よさで急激に高まってきた。

彼は、上体を反らし気味にしている耶江を抱き寄せ、潜り込むようにして可憐な乳首に吸い付いていった。

すると、満足して余韻に浸っていたかに思えた沙也香も、柔らかな乳房を彼の顔に押し付けてきたのである。

どうやら、自分が舐めてもらっていない部分を耶江が愛撫されているので、急に対抗意識を燃やしたようだった。

勇二は顔中に押し付けられる二人の膨らみを味わい、それぞれ左右の乳首を順々に含んで舐め回し、混じり合った甘ったるい体臭に噎せ返った。

さらに二人の腋の下にも鼻を埋め込み、濃厚な汗の匂いを貪りながら、ズンズンと耶江の割れ目の奥に向けてペニスを突き動かしはじめていった。

「アア……」

耶江が喘ぎ、勇二も心地よい摩擦快感を味わった。

そして二人の唇を求めると、同時に三人が唇を重ねて舌をからめ合った。

滑らかに蠢く舌を二人分味わい、彼は混じり合った生温かな唾液をすすってうっとりと喉を潤した。

「ああ、いい気持ち……」

耶江が唇を離して声を洩らし、彼は熱く湿り気ある、甘酸っぱい吐息を嗅いで快感を高めていった。

沙也香の喘ぐ口にも鼻を押し込んで嗅ぐと、こちらも濃厚な果実臭が含まれて鼻腔を刺激してきた。

どちらの吐息も甘酸っぱい匂いだが、やはり耶江の匂いは青い果実という感じで、沙也香の方が甘さが濃く、やや熟れた感じであった。

「唾を垂らして……」

勇二がせがむと、二人も懸命に分泌させ、順番にトロトロと白っぽく小泡の多い唾液を彼の口に吐き出してくれた。それをうっとりと味わい、ミックス唾液を飲み込むと甘美な悦びが胸を満たした。

突き上げを強めると、たちまち勇二は二度目の絶頂を迎えてしまった。

「い、いく……！」

快感に口走りながら、ドクドクと熱いザーメンを注入すると、

「あう……、熱いわ……」

耶江も噴出を感じ取って呻き、飲み込むようにキュッキュッと締め上げてくれた。まだ本格的なオルガスムスには程遠いが、もう痛みもなく、そう待たずに昇り詰めるようになるだろう。

勇二は快感を味わい、心置きなく最後の一滴まで出し尽くしていった。

そして満足しながら身を投げ出すと、耶江も力尽きたようにグッタリともたれかかってきた。

彼自身は、息づく膣内でヒクヒクと過敏に幹を跳ね上げた。

勇二は温もりの中、二人分の混じり合った甘酸っぱい吐息を胸いっぱいに嗅ぎながら、うっとりと快感の余韻に浸り込んでいったのだった……。

3

「わあ、変な感じ。知らない家の中を裸で歩くなんて……」

耶江が、全裸のまま階段を下りながら言った。

そして三人で階下のバスルームに入り、シャワーの湯で全身を流した。

もちろん二人も居るのだから、勇二の回復も倍の速さだった。

「ね、ここに立って」

彼は床に座り、左右に耶江と沙也香を立たせた。

そして両の肩に跨がらせ、彼の顔に向けて左右から股間を突き出させた。

「オシッコ出して」

言うと、二人も今さらためらいもせず、すぐにも下腹に力を入れて尿意を高めはじめてくれた。むしろ後《おく》れを取ったら注目されて恥ずかしいので、先に出したいといった感じである。

勇二は左右から迫る割れ目に顔を埋め、柔肉を舐め回した。

洗い流したので、二人とも濃厚だった匂いは消えてしまったが、舐めると新たな愛液が溢れて舌の動きがヌラヌラと滑らかになった。

「あう、出るわ……」

そして柔肉を探っているうち、先に沙也香が言い、チョロチョロと熱い流れをほとばしらせてきた。

それを口に受けて味わい、淡い味と温もりを堪能しながら喉に流し込んだ。

すると耶江の割れ目からもオシッコがほとばしり、彼の肌を温かく濡らしてきたので、そちらに顔を向けて口に受け止めた。

耶江の流れは熱く、味わいは淡く清らかだった。

その間も、沙也香の流れが肌に注がれていた。

勇二は交互に顔を向けて、それぞれの割れ目からほとばしる流れを味わったが、間もなく二人とも放尿を終えてしまった。

さらに代わる代わる雫をすすり、残り香の中で割れ目を舐め回すと、

「アア……、もうダメ……」

二人も感じすぎたように言い、ビクリと股間を引き離してきた。

「ね、お湯を鼻に入れて口から出して」

「まあ、そんなこと無理よ。でも、お湯じゃなく耶江の唾なら刺激がなくて出来るかも知れないわ」

勇二がせがむと、沙也香がそう答えてバスタブのふちに腰を下ろし、耶江の顔を引き寄せた。

「いっぱい出して」

「いいのかしら……」

耶江はモジモジしながらも懸命に唾液を溜め、沙也香の鼻の穴にトロトロと垂らした。それを沙也香も吸い込んでいたが、やがてカハッと噎せ返り、勇二の口に向けて粘液を吐き出してきた。

彼も、湯よりも耶江の唾液の方が良く、それを沙也香の鼻から喉に通過して粘つきの増した液体を舌に受け、うっとりと味わった。

「ああ、嬉しい……」

「変態ね。何だかプールから上がったみたいに鼻が痛いわ」

沙也香が眉をひそめて言い、やがて勇二は、もう一度三人でシャワーを浴びて立ち上がり、身体を拭いてバスルームを出た。

また全裸で二階に上がり、ベッドに戻っていった。

「また勃ってるのね……。今度は私の中でいって欲しいわ」

沙也香が言い、屈み込んで張り詰めた亀頭にしゃぶり付いた。

すると耶江も顔を割り込ませ、混じり合った熱い息を籠もらせながら、二人で念入りに舐め回してくれた。

「ああ、気持ちいい……」

勇二は快感に喘ぎ、二人の口に交互に含まれてミックス唾液にまみれながら、最大限に膨張していった。

そして二人が顔を上げると、すぐにも沙也香が跨がってきた。もう舐めてもらわなくても、充分すぎるほど濡れているのだろう。

先端をあてがい、ヌルヌルッと滑らかに膣口へと受け入れていった。

「アアッ……、いい気持ち……」

沙也香が顔を仰け反らせて喘ぎ、座り込んでキュッと締め上げてきた。

そして身を重ねてきたので、勇二も下から手を回して抱き留め、傍らにいる耶江も引き寄せた。

僅かに両膝を立てて沙也香の尻を支え、彼は二人の顔を迫らせた。

「唾をペッて吐きかけて」

せがむと、二人もためらいなく唾液を溜めて唇をすぼめ、近々と顔を寄せるなりペッと強く吐きかけてくれた。

「ああ、気持ちいい……」

勇二は、二人分の甘酸っぱい吐息を顔に受け、生温かな唾液の固まりで頬や鼻筋を濡らされながら喘いだ。

「舐めて顔中ヌルヌルにして……」

さらに言うと、二人も勇二の鼻筋や頬に舌を這い回らせ、たちまち生温かな唾液で彼の顔中がヌラヌラとまみれた。

勇二は二人分の唾液と吐息の匂いで鼻腔を刺激されながら、堪らずにズンズンと股間を突き上げ、温かなヌメリと摩擦快感に高まっていった。

ペニスも、沙也香が最も好んでいたバイブの大きさに調整し、先端で奥深い部分を突きまくると、たちまち膣内の収縮が活発になった。

「い、いっちゃう……、気持ちいいわ、アアーッ……！」

するとさ沙也香が、いくらも動かないうち声を上ずらせ、ガクガクと狂おしいオルガスムスの痙攣を開始してしまった。

勇二も二人分の唾液と吐息、心地よい締め付けと摩擦の中で続いて昇り詰め、

「く……！」

呻きながら絶頂を嚙み締め、ありったけの熱いザーメンをドクンドクンと勢いよく柔肉の奥にほとばしらせた。

「あう、感じる……」

沙也香が噴出を受け止めて言い、キュッキュッときつく締め上げた。

勇二は激しく股間を突き上げ、二人と交互に舌をからめて唾液をすすり、果実臭の息を嗅ぎながら心ゆくまで快感を味わった。

「ああ……」

先に沙也香が力尽きて声を洩らし、硬直を解いてグッタリと覆いかぶさってきた。

勇二も最後の一滴まで出し尽くし、すっかり満足しながら突き上げを弱め、彼女の重みと温もりを受け止めた。

まだ息づく膣内で、射精直後の幹がヒクヒクと過敏に跳ね上がった。

「私も、もうすぐこんなふうに感じるのかしら……」

間近に見ていた耶江が言い、勇二は二人分の濃厚で甘酸っぱい吐息を嗅ぎながら、うっとりと快感の余韻を味わったのだった……。

4

「もうすぐ由紀子先生がお帰りになるから、待ってて下さいね」

勇二が由紀子に呼ばれ、小野医院に出向くとナースの千佳が出迎えて言った。

もう今日の診療は終わったらしく、由紀子の両親は出かけたようで、千佳も帰り支度をするところらしい。そして由紀子が帰宅したら、入れ替わりに千佳は帰るようだった。

「さっきのメールでは、お帰りはあと三十分ぐらいらしいです」

「そう、じゃ少しだけしてもいい？」

千佳が言うと、勇二は急激に欲望を高まらせて言った。

すると彼女も淫気が伝わったように、ほんのり頬を上気させて勇二を待合室のソファーに誘った。

「いつも多くの患者さんが来る、ここでしてみたいわ」

千佳が白衣の裾をまくり、下着を脱ぎ去りながら言った。

勇二も下着ごとズボンを下ろし、ピンピンに勃起したペニスを露わにしながらソファーに浅く腰掛けた。

千佳は白衣のボタンも外しながら床に膝を突き、いきなり顔を寄せて先端にしゃぶり付いてくれた。

チロチロと尿道口に舌が這い、張り詰めた亀頭をくわえてスッポリと呑み込まれていくと、

「ああ……」

勇二は快感に喘ぎ、美人ナースの口の中で唾液にまみれた幹をヒクヒクと上下させた。千佳も念入りに舌をからめ、肉棒を生温かな唾液でたっぷりとまみれさせてくれたのだった。

そしてチュパッと口を離して身を起こしてきたので、勇二は彼女をソファーに上がらせて股を開かせた。

白衣の裾をめくって柔らかな茂みに鼻を埋めて嗅ぐと、悩ましく蒸れた汗とオシッコの匂いが馥郁と籠もって鼻腔を刺激してきた。

勇二がうっとりと胸を満たしながら舌を這わせると、すでに柔肉はヌラヌラと熱く潤っていた。

「アア……、いい気持ち……」

千佳も喘ぎ、腰をくねらせながら股間を彼の顔にグイグイと押し付けてきた。

ツンと突き立ったクリトリスに吸い付き、チロチロと舌先で弾くように舐めると、さらに愛液の量が増してきた。

「向こうを向いて、お尻を突き出して」

顔を離して言うと、彼女も素直に背を向け、勇二の顔に白く豊満な尻を迫らせてくれた。

両の親指で尻の谷間をムッチリと広げ、奥でひっそり閉じられているピンクの蕾に鼻を埋めて嗅ぐと、やはり蒸れた匂いが悩ましく鼻腔を掻き回してきた。

勇二は顔中を双丘に密着させて匂いを貪り、舌を這わせて収縮する襞を濡らし、ヌルッと潜り込ませて滑らかな粘膜を探った。

「あう……！　早く入れたいわ……」

千佳が呻いて尻をくねらせ、肛門でモグモグと舌先を締め付けた。

やがて千佳の前も後ろも味わって顔を離すと、彼女が向き直ってきた。

そして仰向けに近く座っている勇二の股間に跨がり、脚をM字にしてゆっくりしゃがみ込み、先端をヌルヌルッと滑らかに膣口に受け入れていった。

「アアッ……！」

千佳がビクリと顔を仰け反らせて喘ぎ、完全に座り込んで股間を密着させた。

勇二も摩擦快感と温もりを味わい、中でヒクヒクと幹を震わせながら両手で抱きすくめた。

すると千佳が、白衣を開いてブラを上にずらし、張りのある乳房をはみ出させてきた。勇二はチュッと乳首に吸い付いて舌で転がし、顔中を弾力ある膨らみに押し付けて感触を味わった。

胸元や腋の下からは、生ぬるく甘ったるい汗の匂いが漂い、さらに千佳の口からは湿り気あるシナモン臭の吐息が漏れ、嗅ぐたびに胸が満たされ、その刺激が心地よくペニスに伝わっていった。

そして唇を重ねると、千佳もネットリと舌をからめながら、徐々に腰を上下させはじめた。

勇二は生温かな唾液にまみれ、滑らかに蠢くナースの舌を味わいながら、ズンズンと股間を突き上げていった。

「ンン……、ああ、いい気持ち……」

呻いていた千佳も、互いの動きがリズミカルになると口を離して喘いだ。

勇二は彼女の口に鼻を押し込んで、悩ましい刺激の息を嗅ぎ、次第に突き上げを激しくさせていった。

大量に溢れる愛液が動きを滑らかにさせ、彼の陰嚢まで温かく濡らしながら、ピチャクチャと淫らな摩擦音が響いた。

「い、いっちゃう……、すごくいいわ……！」

千佳が収縮を強めながら口走り、勇二も急激に絶頂を迫らせていった。

「い、いく……！」

先に勇二が呻き、大きな快感に貫かれながらドクンドクンと大量のザーメンを中にほとばしらせると、

「あう、いいわ……、いく……、アアーッ……！」

噴出を受け止めた途端、千佳もオルガスムスのスイッチが入ったように喘ぎ、ガクガクと狂おしく痙攣を開始した。

勇二は収縮する膣内で激しい快感を嚙み締め、心置きなく最後の一滴まで出し尽くしていった。

満足しながら動きを弱めていくと、

「ああ……、良かった……」

千佳も声を洩らし、彼にしがみつきながら肌の強ばりを解き、グッタリともたれかかってきたのだった。

勇二はなおもキュッキュッと締め付けられ、ヒクヒクと過敏に幹を震わせた。

そして湿り気ある悩ましい匂いの吐息を胸いっぱいに嗅ぎながら、うっとりと快感の余韻を嚙み締めたのだった。

やがて呼吸を整えると、千佳がティッシュを手にして股間に押し当てながら、そろそろと股間を引き離していった。

そのままソファーを降りて膝を突き、割れ目を拭いながら屈み込んで、愛液とザーメンにまみれた亀頭にしゃぶり付いた。

「あうう、も、もういいよ、どうも有難う……」

舌で綺麗にしてもらいながら、勇二は腰をよじって呻き、ようやく千佳も舌を引っ込めてくれた。

「シャワー使う?」

「いや、もう拭くだけで充分……」

千佳が言って彼が答えると、彼女も立ち上がって身繕いをした。彼女も、このまま帰って家でシャワーを浴びる方が楽なのだろう。

勇二も身を起こして下半身を整えると、もう一度ソファーに腰を下ろした。

「じゃ私は着替えてきますね」

千佳が白衣を脱ぎながら言い、奥へ引っ込み、間もなく私服で出てきた。その清楚な姿にまたしたくなってしまったが、もうすぐ由紀子が帰ってくることだろう。

勇二は待合室にあった水を飲み、千佳と座って雑談していたが、間もなく由紀子が帰ってきた。

千佳は見送りに出ると、入ってきた由紀子と入れ替わりに帰っていったのだった。

5

「お待たせ。まず診察室に来て」

由紀子が言って勇二を招くと、バッグを置いて白衣を羽織った。やはり、メガネ美女の彼女には白衣が良く似合う。

「何か検査するわけではなく、もうお話するだけだけど、診察室の方が集中できるので」

由紀子が言う。自室だとベッドもあるので、すぐにも始まってしまうから、まず近況などを聞きたいようだった。

「あれからどう？　力が弱まるようなことはない？」

「ええ、全く変わりなく、力も性欲も絶大なままです」

勇二が答えると、由紀子も形ばかり彼の脈拍を測り、シャツをめくって胸に聴診器を当てた。

「成分は、単なる動物の骨なのだけど、祖父も皇寿で死ぬまで元気だったから、きっと生きている間はずっと力が持続すると思うわ」

由紀子が、レンズの奥からじっと彼を見つめて言う。眼差しが熱っぽくなっているので、すでに淫気も高まっているのだろう。

「僕のザーメンを吸収した女性も、性欲が強くなっていませんか？」

「それは、多少あるかも知れないわね。私もあなたに執着してしまいそうだけど、他の女性に思い当たることがあるの？」

「いえ、特に」

勇二は答えた。やはり誰と肌を重ねたとか、全て由紀子に言う必要もないと思ったのだ。

由紀子も帰ってきてから、勇二と千佳の情事の痕跡や淫らな匂いなどには気づいていないだろう。

「じゃ、母屋の二階に行きましょうか」

由紀子が、組んでいた脚を下ろして言った。

「あの、この診察室ではいけませんか。最初に経験した場所だし、由紀子先生には白衣が似合うので」

勇二は激しく勃起しながら、自分にとって最初の女性に言った。

「ここがいいの？　いいわ、じゃ脱いで横になって」

由紀子が言うと、勇二も立ち上がって手早く全裸になり、診察ベッドに仰向けになった。

彼女もためらいなく最後の一枚まで脱ぎ去ると、全裸の上から白衣とメガネだけは着けてくれた。

「一つだけ試してみたいことがあるの」

「ええ、何でしょう」

「強く嚙んでみたいわ。刃物で刺すわけにいかないけど、歯ならいいでしょう」

由紀子が言い、勇二は刺激と快感への期待でピンピンに勃起していった。

「ええ、歯なら肌も硬質化しないでしょうから、思いきり嚙んでもいいですよ」

「ペニスも？」

「少し恐いけど、大丈夫と思います」

勇二は答えながら興奮を高め、やがて由紀子はまず彼の顔に屈み込んできた。

そして口を開き、彼の頰に歯を立ててきた。前歯でなく、歯全体で頰の肉をくわえた形なので、鋭い痛みはなく心地よかった。

「ああ、気持ちいい……、もっと強く……」

勇二は甘美な刺激に、うっとりと喘ぎながら言った。食い込む歯の感触と、頰に触れる唾液に濡れた唇が艶めかしかった。

由紀子もキュッときつく歯を立て、それでも渾身の力を込める一歩手前で口を離した。唾液が糸を引き、

「少し歯形が付いたけど、見る見る消えていくわ……」

彼女が嚙んだ痕を調べながら言い、熱く湿り気ある息が濃い白粉臭の刺激を含んで鼻腔をくすぐってきた。

由紀子はもう一度のしかかり、今度は反対側の頰に歯を食い込ませてきた。さらに

力を込め、勇二は甘美な悦びに浸りながら刺激を受けた。

「もうダメ、コメカミが痛いわ。人の肌って、そんなに簡単に食いちぎれるものじゃないのね」

由紀子が言い、また消えていく歯形を確認してから移動し、彼の乳首にも嚙みついてきた。

「アア……」

勇二は乳首を嚙まれて喘ぎ、勃起したペニスをヒクヒク震わせた。

由紀子も、もう嚙みちぎろうという勢いはなく、愛撫に切り替えて左右の乳首を刺激し、歯を立てながら肌を下降していった。

そして彼を大股開きにして真ん中に腹這い、股間に熱い息を籠もらせて顔を迫らせてきた。

勇二が期待と、僅かな不安に胸を震わせていると、まず由紀子は彼の陰嚢に舌を這わせ、睾丸にキュッと歯を食い込ませてきた。

「あう……」

「痛い？」

「いえ、少し驚いただけで、大丈夫です」

彼が答えると、由紀子は再び陰嚢をくわえ、二つの睾丸を遠慮なく噛んだ。

これも味わったことのない刺激で、由紀子も彼が悦んでいる証拠に勃起した幹が震えるのを見て力を込めた。

さらに身を乗り出して肉棒の裏側をゆっくり舐め上げ、先端まで来ると幹に指を添え、粘液の滲む尿道口をチロチロと舐め回してくれた。

そのまま張り詰めた亀頭をくわえ、歯で挟み、キュッキュッと咀嚼するように刺激してきた。

「アア、気持ちいい……」

勇二は不安を消し去り、未知の刺激に熱く喘いだ。

「大丈夫？　何だかいけないことをしているみたい。ここを噛むなんて……」

由紀子が口を離し、興奮を高めたように息を弾ませて言い、また深々と呑み込んできた。

今度は亀頭から幹にも歯を立て、たまにクチュクチュと舌が蠢いた。

勇二は甘美な刺激に腰をくねらせ、美女の口の中で唾液にまみれたペニスをヒクヒクと震わせた。

やがて、由紀子がスポンと口を離して顔を上げた。

「もういいわ、噛んでると恐いので充分……」

「じゃ、僕の腹に座って脚を伸ばして」

由紀子が言うので、勇二は彼女の手を引いて下腹に跨がらせた。

彼女も遠慮なく濡れた割れ目を密着させて座り込んだので、勇二は立てた両膝に寄りかからせ、脚を伸ばさせて両の足裏を顔に受け止めた。

「重いでしょう……」

由紀子が腰をくねらせ、乱れた白衣から覗く巨乳を息づかせて言った。

勇二は美女の全体重を受け、足裏に舌を這わせ、形良く揃った指の間に鼻を割り込ませて嗅いだ。

今日も朝から一日中動き回っていたのだろう。そこは生ぬるい汗と脂にジットリ湿り、蒸れた匂いを濃厚に沁み付かせていた。

彼は美女の足の匂いを貪り、鼻腔を刺激されながら爪先にしゃぶり付いて、順々に指の股に舌を挿し入れて味わった。

「あう……」

由紀子が呻き、指先で舌を挟み付けてきた。

勇二は両足とも、味と匂いが薄れるまで貪り尽くすと、両足を顔の左右に置き、彼女の手を握って引っ張った。

由紀子も腰を浮かせて前進し、彼の顔に完全に跨がってしゃがみ込み、和式トイレスタイルでM字にさせた脚をムッチリと張り詰めさせた。

肉づきが良く丸みを帯びた割れ目が鼻先に迫り、はみ出した陰唇の間から濡れた柔肉と膣口、光沢あるクリトリスが覗いていた。

勇二は豊満な腰を抱き寄せ、黒々と艶のある茂みに鼻を埋めて擦り付け、汗とオシッコの蒸れた匂いで鼻腔を満たした。

嗅ぎながら舌を挿し入れ、淡い酸味を掻き回して膣口からクリトリスまで舐め上げていくと、

「アアッ……、いい気持ち……」

由紀子がうっとりと喘ぎ、ヒクヒクと白い下腹を波打たせながらトロトロと新たな愛液を漏らしてきた。

「ね、オシッコしてみて。決してこぼさないから……」

彼がせがむと、由紀子も興奮を高めているので応じてくれ、息を詰めて下腹を強ばらせ、尿意を高めてくれた。

舐めていると柔肉が迫り出すように盛り上がり、味わいと温もりが変化してきた。

「あう、出るわ……」

由紀子が呻いて言い、同時にチョロッと熱い流れが彼の口にほとばしってきた。

勇二は味や匂いを確認する間もなく、次第に勢いを増す流れを飲み込み、噎せないように気をつけながら甘美な悦びで胸を満たしていった。

「アア……、こんなところでするなんて……」

由紀子は言ったが、それほど溜まっていなかったようで、溢れる前に放尿は治まってしまった。

彼は残り香の中で余りの雫をすすり、なおも柔肉を舐め回すと、新たな淡い酸味のヌメリが満ちていった。

そして彼は美女の味と匂いを堪能してから、白く豊かな尻の真下に潜り込み、顔中にひんやりした双丘を受け止めながら、谷間の蕾に鼻を埋めて嗅いだ。

蒸れた微香を貪り、舌を這わせて襞を濡らし、ヌルッと潜り込ませて滑らかな粘膜を探ると、

「く……！」

由紀子が呻き、キュッと肛門で舌先を締め付けてきた。

勇二は舌を蠢かせ、微妙に甘苦い味わいを堪能し、再び割れ目に戻って大洪水の愛

液をすってクリトリスに吸い付いた。

「も、もうダメ、入れるわ……」

と、由紀子が言って股間を浮かせ、仰向けの彼の身体を移動してペニスに跨がってきた。

先端に割れ目を押し付け、位置を定めると息を詰め、感触を味わうようにゆっくり腰を沈み込ませていった。

張り詰めた亀頭が潜り込むと、あとは重みと潤いでヌルヌルッと滑らかに根元まで呑み込まれ、彼女がピッタリと股間を密着させてきた。

「アア……、いいわ……」

遠慮なく座り込んだ由紀子が、顔を仰け反らせて熱く喘ぎ、キュッキュッときつく締め上げた。

勇二も肉襞の摩擦と大量の潤い、熱いほどの温もりと締め付けに包まれて快感を味わい、両手を伸ばして彼女を抱き寄せた。僅かに両膝を立てて豊満な尻を支え、乱れた白衣に潜り込んでチュッと乳首に吸い付いた。

顔中を巨乳に埋め込んで感触を味わい、乳首を舌で転がして、キュッと軽く歯も立てた。

「あう、もっと……！」

由紀子が刺激を求めて呻き、勇二は左右の乳首を交互に含み、舌と歯で愛撫してやった。さらに白衣に潜り込み、腋の下に鼻を埋め、ミルクのように甘ったるい汗の匂いで胸を満たした。

彼女は待ちきれないように腰を動かしはじめ、勇二も合わせてズンズンと股間を突き動かした。

たちまち互いの動きが一致し、ヌラヌラと滑らかに律動しながら、クチュクチュと湿った摩擦音が聞こえてきた。溢れる愛液が彼の肛門の方にまで生温かく伝い流れ、膣内の収縮が活発になってきた。

由紀子が上からピッタリと唇を重ねてきたので、勇二も舌を挿し入れ、生温かな唾液に濡れて蠢く舌を舐め回した。

「ンン……」

由紀子は熱く鼻を鳴らし、潜り込んだ彼の舌に歯を立てたが、さすがに軽く噛んだだけだった。その間も、互いの股間をぶつけ合うように激しく動き続け、二人とも高まっていった。

「い、いっちゃう……、アアーッ……！」

とうとう由紀子が口を離し、声を上ずらせて喘いだ。

同時に、ガクガクと狂おしいオルガスムスの痙攣が開始されると、勇二も収縮する膣内に吸い込まれるような快感に、たちまち大きな絶頂を迎えてしまった。

「く……！」

突き上がる大きな快感に呻き、熱い大量のザーメンをドクンドクンと勢いよく中にほとばしらせると、

「あう、感じるわ。もっと……！」

噴出を受け止めた由紀子が、駄目押しの快感に呻いてきつく締め上げた。

勇二は心ゆくまで快感を味わい、最後の一滴まで出し尽くしていった。

すっかり満足しながら徐々に突き上げを弱めていくと、

「ああ……」

由紀子も満足げに声を洩らすと、熟れ肌の強ばりを解いてグッタリと体重を預けてきた。彼は重みと温もりを受け止めながら、まだ名残惜しげに収縮する膣内で、ヒクヒクと過敏に幹を跳ね上げた。

「も、もう暴れないで、感じすぎるわ……」

彼女も敏感になっているように声を洩らし、幹の震えを抑えるようにキュッときつ

く締め付けてきた。

勇二は彼女の喘ぐ口に鼻を押し付け、熱く湿り気ある、濃厚な白粉臭の吐息で胸を満たしながら、うっとりと快感の余韻に浸り込んだのだった。

(これから、自分が持っている力を生かせるような方向を目指さないと……)

彼は荒い呼吸を繰り返しながら思い、今後とも何かと由紀子に相談しようと決めたのだった。

(了)

※本作品はフィクションです。
作品内の人名、地名、団体名等は
実在のものとは関係ありません。

長編小説
みだら女医《じょい》の秘薬《ひやく》
睦月影郎《むつきかげろう》
2019年12月23日　初版第一刷発行

ブックデザイン……………………… 橋元浩明(sowhat.Inc.)

発行人…………………………………… 後藤明信
発行所…………………………………… 株式会社竹書房
〒102-0072　東京都千代田区飯田橋2－7－3
電話　03-3264-1576（代表）
03-3234-6301（編集）
http://www.takeshobo.co.jp
印刷・製本………………………… 中央精版印刷株式会社

ISBN978-4-8019-2114-6　C0193

竹書房文庫　好評既刊

長編小説

となりの甘妻

草凪 優・著

こんな身近に、こんなにイイ女が…!

思いがけない蜜楽…人妻エロスの新傑作

婚活中の三橋哲彦は、「あなたの隣にいる女を意識して…」と占い師に告げられる。以来、「隣の女」を意識すると、美女とのチャンスが次々と巡ってくるのだが、相手は欲望深き人妻ばかりで…!?　終電で隣に座った人妻から職場や隣家の人妻まで、身近な艶女たちとの甘い情事!

定価 本体660円＋税